U0455203

# 诗词别韵

游　运 ◎ 著

黄河出版传媒集团
宁夏人民出版社

图书在版编目（CIP）数据

诗词别韵 / 游运著 . —— 银川：宁夏人民出版社，
2023.11
　　ISBN 978-7-227-07861-6

　　Ⅰ . ①诗 … Ⅱ . ①游 … Ⅲ . ①诗集 – 中国 – 当代
Ⅳ . ① I227

中国国家版本馆 CIP 数据核字（2023）第 197183 号

## 诗词别韵

游　运　著

责任编辑　杨敏嫒
责任校对　陈　晶
封面设计　沈家菡
责任印制　侯　俊

 黄河出版传媒集团
宁夏人民出版社 出版发行

出 版 人　薛文斌
地　　址　宁夏银川市北京东路139号出版大厦（750001）
网　　址　http://www.yrpubm.com
网上书店　http://www.hh-book.com
电子信箱　nxrmcbs@126.com
邮购电话　0951-5052104　5052106
经　　销　全国新华书店
印刷装订　宁夏银报智能印刷科技有限公司
印刷委托书号　（宁）0027513

开本　880 mm × 1230 mm　　1/32
印张　12
字数　240 千字
版次　2024 年 1 月第 1 版
印次　2024 年 1 月第 1 次印刷
书号　ISBN 978-7-227-07861-6
定价　48.00 元

雨后残荷一种香

光华照菊也红休言

银杏最坚柔白鹭翩然

入水中

白鹭潭

游运诗并书

画堂春·荷塘

晚风轻抚绿绸浪，
参差菡萏飘红。
一湖晶莹醉迷瞳，
不见萍踪。

缓步中寻牡舞，
偶丝鹭延琳珠。
无生最是水芙蓉，
净我心宫。

文/湘远 20□□年7月

代　序

# 游运诗词印象：
# 当代诗词现实主义的探索与重塑

苗　洪　汪其飞

不向春光争艳色，偏将秀媚献萧骚。从来玉魄矜寒飒，尤到重阳更挺腰。

——题记·游运《风中菊韵》

游运诗词是传统主题和现实意境的结合，虽然呈现多元风格，但可以认为是具有后现实主义的倾向，就整体上而言，诗人以传统形式表现了时代风貌和现代人的情感，而不是用陈旧意象再现似曾相识的古典意境。

一、解读游运诗词，给我们带来了一个比较宏观层面的诗歌理论问题。也就是说，在世界范围内，尤其是百年以来，或者说中国新诗（自由体或现代诗歌）是否对中国古典诗词产生过影响呢？很明显，在游运诗词中有着显著的现代诗歌元素。一般认为，中国古典诗歌影响了中国现代新诗，这是肯定的。从闻一多的《死水》和徐志摩的《再别康桥》都有过新格律诗的探索。而现代新诗如何影响当代格律诗词，从游运诗词中，我们看到了古体诗词中的新诗元素，如《女冠子·花与蝶》：

美丽花瓣，锁在门窗里面，好精神。
色彩真鲜艳，幽香正可人。

有蝴蝶驾到，未免太迷魂。
月月天天过，总无门。

这是一首符合格律的词作，读起来一点也不陈旧，似乎就是没有格律的新诗，具备了新诗既好理解又有韵味的特征。如果要从理论上将游运的诗词解释为某一种诗歌现象的话，他其实是一种属于解构主义框架后的诗歌创作实践。因为无论外部环境如何作用于诗歌内部事务，却始终都没有形成另一种新的诗歌写作方向，尤其是古典诗词的写作方向。因此，我们只能使用永恒来形容某些主题的存在，如伦理、情感、花草等元素。我们寻求诗歌的突破，是否就必须抛弃那些被称为永恒的意象，是否在这些传统的诗歌意象中寻求与重建关于诗歌的新形态？这方面的问题，游运诗词就给我们作出了一定程度的解释：让传统形式在新的语境下表现时代新声。

现代新诗对于古体诗词的影响，不仅体现在现代元素的运用，如互联网、智能世界、机器人。问题在于，仅仅只是在我们的诗歌当中使用了一些非常现代的语言及其现实生活的新概念，就代表着中国诗歌的新现实主义时代来临了吗？我们的诗歌需要表现出一些实质性的描述与突破。在这方面，我们不能否认四川诗人游运的艰辛探索和努力。游运诗词虽然形式标签为格律诗词，但是，实际上处处表现出现代诗歌的气息，折射出后现实主义诗歌的风格特征。如以下这首《小重山·比格尔海峡》：

世界南端海上行，
风狂难立脚，好心惊。
企鹅海燕浪尖鸣，
真自信，敢与疾风拼。

天冻再低零，
山峰添白雪，月微明。
蓝鲸滚动冷无声，
人嗟喜，正好有航灯！

二、看似孤立的游运诗词文本，实际上曾经遭遇过一个复杂化的中国诗歌环境。我们纵观游运诗词的主题，创作风格及其语言的运用过程明显可以发现——他试图进行一种关于新现实主义或者说后现实主义风格的探索与实践。大约在

20世纪的90年代初期，世界现实主义产生了深刻的结构变异，由一般的现实主义发展演变为关怀底层的后现实主义。它的基础正基于对本体论原则的多样化理解，以及作者与这个世界关系的开放性认识。游运几乎是中国第一代接受了这种后现实主义思潮影响的本土诗人之一。而在他之前的包括《另一种视觉》（游运第一部诗集，漓江出版社2010年11月出版）在内的诗歌，就形象化地揭示了后现实主义的场景结构。而此时的中国诗歌，正在进入的却是一个属性为寻根的诗歌潮流及诗歌时代。并且也就是在此时，中国诗歌也同时出现了后印象主义的诗歌方针。

而正如他在《街边绿》中所注入的绿色元素，基本上就是新现实主义风格的运用：

街边一簇绿，四季复回中。
冬去繁花绽，秋来硕果红。
芳菲留角落，绚灿亮天空。
纵使无人问，精神岁岁同。

此诗既有关于诗歌本身的美学写意，也有关于现代城市人文景观及其空间景观、人性景观的多层次叙述，使诗歌充斥着一种比较深度的现实主义原则。我们在这篇评论当中，将重点分析游运诗词的现实主义结构及其拓展方面。而这也是我们从理论上分析研究游运诗词的重要根据。当然，他的诗歌当中还出现了一些关于现代科技和现代生活的双重场景。如《麻将》就给我们叙述了一个流水线似的麻将现代场景。显然，这实际上就是属于一种新现实主义的写实场景：

机器揉搓速度加，人人脸上挂红霞。
青烟袅袅雾中乐，好手双双桌面滑。
偶有一声哈站笑，原来两杠呱开花。
灵魂囚禁精神在，只想输赢不想家。

很明显，这首诗表现的就是底层生活，它既具有传统现实主义文学的特征，讲究细节的真实性，人物形象的典型性，但更重要的是，它在借鉴和使用后现代的文学理念和创作方法的同时，展现出了极为强烈的现实关怀意识。再如《工地》，关注底层民众的特征极为显著：

红锅炒豆忙，豆爆炙衣裳。
汗盛落高架，灰沉染短装。
砌刀墙上舞，大厦手中彰。
烈日相煎急，龙王不在岗。

以上这几首诗，都是用真实的细节描写，用历史的、具体的人生图画来反映社会生活，读起来使人如临其境，能够从作品形象的现实性和具体性中受到感染。通过典型的方法，对现实的生活素材进行选择、提炼、概括，从而深刻地揭示生活的某些本质关联，可以说是游运诗词后现实主义创作的一个特征。

三、有人说写诗是为了寻找生命的解锁密码，而对于诗人本身主体生命的释然，是游运诗歌思想的一次自白风格的尝试。在《自嘲》这首诗歌中，诗人描述了自身的清净与尘世的碰撞，看似有些自我嘲笑，却也心安理得：

书门修寨六旬身，未拂坊间一片云。
画上竹枝空有骨，池中月影枉无尘。
山飞流水沉渊去，海孕浮游随浪分。
欲把梦魂留简纸，还将笑面掩啼痕。

或许《自嘲》这首歌词，能够成为一个关于生命写作的样本。青春年少的单纯和困惑与迷茫交织在一起，不知道前方的路在哪里，灵魂最终摆渡到何方。到了壮年虽然风骨形成不染一尘，却如画上的竹枝水中的月影，彼岸永远都是一个远方。到了老年进入诗歌的空灵境界，在万事虚空的世界里沉渊随浪，既不在现实的此时，也不在梦想的此时。而与此同时，游运在另外一首诗歌《自白》里，其实是深化了这种自我解剖的结构主题：

几番霾雾染征程，幸有清风相伴行。

未赴瑶台识李靖，已来尘世认刘理。

金猴不怕火炉炼，玉笏柱劳笼屈蒸。

麝带脐香休讶异，诗书可点地球灯？

　　这首诗歌在问讯中寄托着深沉的意愿，是游运创作风格的一次结构性升华。我们可以把《自白》看成是一首浓缩着人生某种本能欲望的优秀作品。时光此时永远都只是一个点与线、点与坐标轴心的关系，匆匆而过之后，我们才开始承认他的存在。人生既然是一个过程，那就必然交织着许多复杂的细节。既有惊心动魄，也有行云流水。或许这就是人生的本质，希望与觉悟的本质。《自白》不是一首反映现实性场景的诗歌。或许是只有到了具有一定人生阅历的时候，才能体会其中的诗意，其中反反复复的交织与矛盾，甚至是遗憾与希望和失望并存的一些觉悟。

　　而与此同时，我们也可以从《自白》中看到游运思想里更加深刻的生命观与存在观。在《自白》当中，"生命永恒"是一个比较突出的文学主题。它不同于那些既咏唱生命又咏唱死亡的极端化诗歌。生命在诗中是个客观存在，谁也没有经历过死亡。我们在活着的时候，就只能以生者的名义写作。而只有生命才能指导我们写作的方向。无论是一些生活的碎片还是经历的碎片，当变成诗歌的时候，就可以变成一种关于生命的写作。换言之，歌颂生命永远都是诗人的写作使命。而生命的存在是要点亮"地球灯"，消除人类的黑暗。

当然，游运的诗歌也遭遇到了一些关于语境的困惑及矛盾。而这种困惑则主要是集中在当下人性的现代环境叙述方面。他试图在《忆秦娥·参观监狱》尝试着用监狱这个特殊场合，阐述现代人性的弱点与现实主义人性焦点的碰撞与反思：

真悲惜，一方粪土前程逆。
前程逆，铁窗之下，泪痕如刻。

人生一世当清白，如莲不染心高节。
心高节，花红桑梓，鸟翔南北。

总之，关于游运诗歌的分析，我们还是坚持了一种比较客观的态度来进行评论。游运已经出版的诗集有《花的变奏》《银杏的风采》《沉默的云》《另一种视觉》《游运诗词选》等。其现代诗歌在表现意象客体和抒情主体意思景象方面有其独特的闪光点，既有趣味性又有启迪性。其古体诗词在内容上耳目一新，在语词上自然天成，在意境上有所蕴涵，着实让旧体诗表现出了新的韵味。他的后现实主义写作风格，更让诗歌直抵现代人的心底。诗的形象性、音乐性、抒情性和张力特征都得到很好的体现。我们期待游运能够面世更多的诗词佳作，共同迎接中国诗词的繁荣未来。

2023 年 4 月 26 日

# 目 录

## 古风与绝句

# 律　诗

# 古风与绝句

落霞池底共鱼飞色艳

水平一片窝来欲借

扁舟天上去怕惊破

岸一楼台　寿湖伴紫游运诗幸出

# 乡 情 (三首)

## 乡 思

昔日长江头，今日黄河尾。

人在千里外，心随明月归。

## 故乡行

残雪枝头瘦，篱边淡雅红。

童年一枝梅，至今尚留踪。

## 旧 址

高楼原地起，老井已无痕。

闹市新街里，跟谁问旧邻。

# 旅　途（三首）

## 海　上

日出海天阔，风来波浪高。
踏歌登小岛，捉鲍入深涛。

## 江　上

一江抱壁峰，山寺翠云中。
数片轻舟过，红霞泛渔翁。

## 过翁甲山

手薄白云寒，脚下千山晚。
好风神欲驰，不觉在天险。

# 即 景 (三首)

## 白孔雀开屏

身在网栏内，开怀问路人。

敞开外套后，可有纯洁心?

## 山顶松

山顶一棵松，超然立上空。

尘埃无可染，风雨更从容。

## 乡村小景

书生痴草屋，素女恋归桥。

红绿堆香处，芙蕖<sup>①</sup>意更娇。

——————————

① 芙蕖：莲花的别称。

# 九章问世

高斯玻色样，富岳望峰山。

量子追光速，一分胜亿年①。

超越悬铃木，敢为天下先。

前人圭臬在，我辈再高攀。

华夏添神器，巡航问九天。

---

① 高斯玻色子取样也就是光子的高斯分布取样。处理
高斯玻色取样的速度，九章一分钟完成的任务，超级
计算机需要一亿年。比目前世界排名第一的超级计算
机"富岳"快一百万亿倍。比谷歌发布的53比特量子
计算原型机"悬铃木"快一百亿倍。

# 咏　菊（六首）

## 望　菊

秀色千般态，霞晖照晚时。
迎风更妩媚，一副斗霜姿。

## 赏　菊

红叶满山头，黄花不染愁。
清香堆小院，日暮显风流。

## 听　菊

笛送野山霜，开轩是月光。
清风播正气，新蕊自芬芳。

## 访 菊

七彩一枝鲜，新姿亮眼前。

休言根底浅，风月远相牵。


## 问 菊

琼山一片云，借得旧篱魂。

欲在秋风里，扎根何处村？


## 忆 菊

霜重满阶红，琼瑶一地枫。

东蓠思菊影，梦里遍山中。

# 元旦十吟

　　——参与《九眼问律》接龙，衍生而成

零点一杯茶，窗前两树花。
有心来问律，无意度熙华。

云开见彩驼，月落鸟飞窠。
子鼠标新异，诗家还在磋。

新岁上高坡，农人笑脸酡。
红梅迎瑞雪，绿萼满山河。

候鸟早离窝，轻舟载绿蓑。
冬春依念定，垂钓化沉疴。

阶下影婆娑，霞光任水磨。
鸡鸣郊野外，早市热开锅。

繁星映碧波，天海共蹉跎。
回想荒川里，雪泥留烂柯。

当时娶绿萝，挥手放新蛾。
离地天宫动，虚惊玉帝哥。

梦里一哆嗦，醒来闻鼓锣。
别人风景好，于我又如何？

天朝福禄多，杯酒颂长歌。
日历翻新页，太公还在么？

下界有尘思，鸿翔已展姿。
五洲留脚印，吹笛问天时。

# 晋祠吟（三首）

## 晋　泉

李白留得碧玉在<sup>①</sup>，引得游人乘兴来。
碧玉清清清几许？天光云影共徘徊。

## 宋　塑

今人不见宋人貌，宋人却对今人笑。
红妆艳抹等君来，圣母殿里敢相邀。

## 唐　槐

人世沧桑皆记得，阅尽春色对游客。
千年显贵何处寻，百纪风雨有茂叶。

---

① 李白有诗云：晋祠流水如碧玉。

# 房湖三唱

### 房湖倒影

落霞池底共鱼飞，乳燕水中迎客来。
欲借扁舟天上去，怕惊彼岸一楼台。

### 房湖掠影

一把新琴波上鸣，二船红袖漫歌行。
竹摇柳舞拥西子，迤逦青流醉客声。

### 房湖波影

回光反射柳暾暾，映绿波辉照榭纶。
疑是西楼添水幕，恰如蜃景缀黄昏。

# 春日三吟

## 南　湖

风剪南湖一岸柳，微波荡漾渡轻舟。
亭前燕子双飞舞，水里闲鱼浪漫游。

## 田　园

春阳晒背暖融融，小草抽芽一路同。
走出城郊风景好，菜花如海望无穷。

## 落　樱

岸柳藏莺正是春，樱花缀彩落缤纷。
有开有谢成天道，风景这边娱众宾。

# 荷塘三咏

## 菡 萏

无欲青莲花自香，虚心沉底举天光。

从来不慕牡丹贵，一袭清风咏夕阳。

## 荷 露

随风而动自成匀，圆润晶莹一叶春。

面对阳光身影透，青莲与伴不沾尘。

## 芙 蓉

深埋水里望天时，一举莲红脱绿衣。

雨打风吹折旧饰，又将新蕊变仙姿。

# 感 怀（三首）

## 四季海棠

生南生北郁葱葱，雨去风来一样红。

不比牡丹称国色，也如翠竹与青松。

## 稻草人

谷黄独自立田间，褴褛破冠直等闲。

雨去风来从不惧，驱开禾雀敢当先。

## 萍

漂游水上泊无踪，运气多因浪不同。

未有波涛归大海，只能平淡小池中。

# 咏　物 （三首）

## 春　笋

巨擘拱石心向上，冥冥破土有灵犀。
大山压顶腰直挺，应谢春风来未迟。

## 梅　花

冬日严寒万木凋，梅花傲雪野山腰。
如今春暖新枝起，却遇红虫再损姣。

## 兰　草

休言野草无人问，雾罩云遮不掩香。
峭壁从来难阻隔，厅堂幽谷自芬芳。

# 盆 景（三首）

## 盆 景

日斜小院照樱花，春暖田园禾草佳。
四野芬芳红片片，盆中虎尾未发芽。

## 盆 栽

相置客厅如贵宾，修枝浇水尽殷勤。
无端叶落败颜色，移向园林始有神。

## 养 花

室外繁开枝叶茂，风吹雨打更葱茏。
应知屋内再呵护，难比田园一野蓬。

# 野 外 (三首)

## 山 居

河边垂柳舞轻盈，手握鱼竿听鸟鸣。

别了灯红与酒绿，才知山野有安宁。

## 野 炊

早雨清尘野地行，山间寺下爨烟轻。

终非情趣在锅里，月亮出来听笛声。

## 露 营

一顶帐篷溪涧横，萋萋芳草满流萤。

但依峭壁遮风雨，却咏幽兰隔世情。

# 即 景 (三首)

## 白鹭湾

雨后荷残一夜冬，霞光半照菊边红。
休言银杏最风采，白鹭翩然入水中。

## 汾河掠影

茂林两岸几时枯，唯有红枫三五株。
河水滔滔今不见，小囡卧雪渚边书。

## 南海椰树

无枝有叶苦撑天，海角涯垠独向南。
固守边陲根宿土，身姿挺立碧波前。

# 海口三叹

阳光依旧热风微，浅海渔船沐晚晖。
椰子槟榔犹有意，情歌独咏是因谁？

茫茫大海望天涯，月色波光卷浪花。
美景依然人不在，航灯独自照平沙。

海鸥已去渺无声，潮水噗噗拍岸横。
也是晨曦照椰树，白沙碧浪两分明。

# 香薰谷三叠

弥香薰谷向天边，满地蓝花映纸鸢。
身在花丛心未乱，只因家暖不孤单。

置身花阵几新人，抖擞婚纱演爱恩。
握手成心心似海，海枯不变是初心。

荒地种花连广天，清新视野暖丹田。
闲来到此宽心境，才晓乡间已焕然。

# 秋日三叹

## 叹落花

昨日盛开庭院明，今朝凋谢已无形。
历经风雨随秋老，季候循环不悯情。

## 叹逝川

淙淙流水去无回，带走时光暗紫薇。
不见亭台花烂漫，但留萱草入伤违。

## 叹南山

过眼云烟转瞬空，青山不老总相同。
休将玄鹤比人寿，白月无端照古松。

# 吊姐三叠

轻灰一把随流水，多少幽思付暮云。
但借时空追远鹤，休因蜃市误初心。

雁过长川留片影，人来尘世去无踪。
苍天囊括万千物，此地空余白露浓。

遍插茱萸少一人，乱云闲渡野山横。
去年还共一壶酒，谁想如今两界行。

# 记活动 (三首)

## 静瑜伽

闲练瑜伽在静心，盘膝打坐养精神。
宛如寺庙离尘世，杂念一消眉宇新。

## 垂　钓

轻甩银钩放线长，飘摇红叶落衣裳。
从来不会用鱼饵，但得闲心钓夕阳。

## 空中飞

俯瞰蓝天碧海间，高低朵朵彩花鲜。
突然快艇巧施技，点水蜻蜓触浪尖。

# 赞飞船（三首）

## 神舟十一号

神州再度叩苍天，奔向天宫银汉边。
只待双方一个吻，明朝圆梦在空间。

## 嫦娥四号

出轨嫦娥飞也去，轻松落地目标晰。
独观背面神奇景，月亮从今没隐私。

## 天问一号

天问飞奔众目中，扶摇而去若轻鸿。
长征从此开新路，踏上火星观太空。

# 读史七咏

## 叹白起

百战功高反是愁，邯郸未到变阶囚。
只因王命如山重，不让英雄过杜邮。

## 汉武帝

初登大位枉心雄，渐会韬光猎苑中。
终胜匈奴扩疆土，却因巫蛊拜周公。

## 隋炀帝

建宫征战总无休，暴役黎民血泪流。
苦难已随时代去，运河碧水荡千秋。

## 武则天

未凭妩媚争恩宠，却以尼身伏九龙。
占尽天时改国号，终归帝后入唐宫。


## 宋太祖

勒石明誓古今稀，不斩言官法有依。
纳谏从良兴社稷，犹如初日露晨曦。


## 叹蓝玉

剥皮实草代凌迟，盖世英雄命若斯。
岂止拔棘消后顾，从来龙位少仁慈。


## 袁世凯

共和南北共思量，逼退清廷未动枪。
可是重穿皇帝衮，名声半毁晚生凉。

# 无　题（三首）

## 一

独立寒轩夜沉寂，风轻月隐露蛩吟。

蜀州一别人常瘦，短梦依稀觅旧痕。

## 二

霞照桑榆暮鸟歌，我吹长笛曼声和。

爱多恨少东流去，总有知音对月哦。

## 三

铺展灵魂成赘语，打开心锁亮真心。

一生风景藏于此，九曲柔肠不在身。

律

诗

郊野有春丝牛耕一把犁

樱花亲草屋垂柳恋清溪

飞鸟来相顾鸣鸡去又还

乡间无旧道新宇满薇堤

五律 郊游 游远村荷书

# 过秦岭

细雨漫层峦，一峰奇刺天。
横观白练舞，侧看黛纱翻。
头顶千重霭，脚踏万仞山。
飞流齐汇聚，随我畅归川。


# 伊岭岩

伟哉伊岭壁，今日我登临。
平地群峰起，奇岩仙景存。
山泉幽洞唱，壮鼓涧边闻。
一段迎宾曲，春风细细吟。

# 咏　雪

满院皆白色，楼红玉树新。

窗寒尘不染，脸热饭来亲。

野雀枝头跳，家牛地上奔。

老身多好净，美酒洗凡心。


# 雨　停

曙色停雷雨，终消积水声。

河湖关浪漫，道路减流行。

天漏虽无堵，地泽应有封。

海绵①连市政，民众少忧生。

_____

① 海绵：指海绵城市，即涝而无忧的城市。

# 端午渡江

江流永不尘，大浪滚诗魂。
渺渺帆光远，疏疏艾影邻。
红榴招过客，黄酒满山村。
粽子尖尖角，沉钩一个人。

# 重阳野度

荒草丛生地，野鸭飞上空。
雨轻菊溅泪，霜重槭飘红。
鸟语声声里，山歌款款中。
汀边白发老，独自望秋鸿。

## 子书院小聚

小院集新翠，芬芳出壁围。
红花盆里俏，鲜果座前堆。
一缕墨香起，几番文友随。
此间多逸兴，醉后不思归。

## 散文诗庆典

旭日当空照，鲜花地上红。
挥毫成大玉，提剑舞长龙。
面貌无差次，灵犀有异通。
歌从昨夜起，诗在百年中。

# 踏　春

信步上山巅，鹧鸢已在先。
起鸣云雾散，放舞谷崖宽。
寺院新香烬，柴门旧墨鲜。
雪残冬未了，牵手向林泉。


# 打　靶

斜阳照草场，斗志着霓装。
耳畔一声响，眼前三弹光。
持枪知战事，卧地识民昌。
边境有朝唤，挥戈豪气昂。

## 野　营

黑从门缝挨，蜡炬自驱开。
野阔无天地，身孤有酒台。
帐篷堆夜雪，睡袋裹芳怀。
峻岭风声起，疑心藏犬来。

## 春台农庄

格桑花盛开，甬道缀高台。
屋在田园立，苗挨楼阁栽。
荷塘飞蝶去，竹径闹莺来。
一处清悠地，东篱最释怀。

## 农　家

农事正春忙，阳光照饭堂。
娇妻陪酒令，稚子抉香肠。
犬立旧书柜，猫翻老土墙。
田园新粒壮，杯酌味绵长。


## 工　地

红锅炒豆忙，豆爆炙衣裳。
汗盛落高架，灰沉染短装。
砌刀墙上舞，大厦手中彰。
烈日相煎急，龙王不在岗。

## 羌族姑娘

山间乡路上，斗笠布衣裳。
手抱青稞笑，足沾泥土黄。
行人回望眼，飞蝶恋迷香。
身段轻轻扭，腰牵一线光。


## 中秋散步

一路桂花扬，林荫小道旁。
红英聊尔现，绿叶忽然黄。
雨重天空净，云轻日影长。
今宵不望月，月在手中香。

## 中秋贺友

连枝今有据，小院桂花香。
旧友窗前望，新人厨下忙。
星光追美酒，夜露染轻装。
一席牵丝宴，归来愿久长。


## 踏　青

天暖外徜徉，心情逐太阳。
风轻云带起，山重水流长。
路柳通新景，溪桃接旧芳。
踏青三月里，懒意寄春光。

## 街边绿

街边一簇绿，四季复回中。
冬去繁花绽，秋来硕果红。
芳菲留角落，绚灿亮天空。
纵使无人问，精神岁岁同。


## 荷　池

黄昏霞满天，荷叶绿田田。
蛙跳添珠玉，鹥飞乱紫烟。
花鲜人影聚，水静月轮圆。
晚景何其好，随歌醉一拳。

# 雨后荷塘

玉盘迎晚晡，风起滚明珠。

蛙叫连池动，蜓飞一萼殊。

莲香无远近，浪碧有沉浮。

夕照添颜色，清幽景气舒。


# 荷　露

风吹现玉珠，日出有光弧。

妖媚招蛾恋，晶莹惹鸟图。

佳人才尔见，秀眼久相濡。

但欲穿成串，须臾变白乌①。

---

① 白乌：白头乌鸦，如乌白马角。

# 浓 雾

晓雾入蓉城，路街全不分。

苍天已失态，大地更无伦。

闻味知花色，听声辨美人。

山川凡有界，偶尔也沄沄。

# 雾 霾

浅山无影踪，近庙也蒙眬。

声渺行人少，门开顾客空。

田园思麦绿，河岸问花红。

何故青天去，都因没有风？

# 平安夜

身上着红装，胡须挂鼻梁。

霓虹明子夜，烛火照高墙。

一曲平安舞，三更皓月堂。

清风来伴酒，酒醉梦分方。

# 静夜观

微光照近邻，小院正深更。

眼静观飞鼠，心悠听吠龙<sup>①</sup>。

楼台圆月重，夜客片街轻。

人事皆无影，纷纷入梦情。

① 龙：多毛的狗。

## 贺新居

东风常助力，化鹊引君栖。
树老添新叶，荷稠换绿衣。
彩虹郊野见，晶露苑中漓。
明日征途上，繁花竞放时。


## 郊　外

郊野有春诗，牛耕一把犁。
樱红亲草岸，柳嫩恋清溪。
飞鸟来相顾，鸣鸡去又迟。
乡村无旧道，新宇满薇堤。

# 高坪古镇

青溪画柱边，老铺展新颜。
柳蔚楼阁静，塔危天宇闲。
牌坊贪古韵，客栈爱今观。
往事从头记，乡情有旧缘。


# 江南茶韵

三九有严霜，茶园热气扬。
鲜汤桌上美，野菜口中香。
把盏说今往，围炉问短长。
江南多故景，犹是在家乡。

# 三峡吟（二首）

## 游三峡

神女立苍穹，巍峨贯楚风。

朝云仙杳杳，暮雨鹤空空。

不见猿声响，还观白帝红。

放歌东逝水，巴笛五更中。

## 神女峰

秀毓郁苍苍，秋来已换装。

绿罗成旧色，红带有新香。

守梦千年立，多情万古长。

楚江流故事，游客动文肠。

## 少帅府

少帅誉神州，一生两件事。
易旗全母国，兵谏成骄子。
半世少光天，流年有赵四。
游人脚步频，足迹胜青史。

## 游本溪水洞

细雨重轻巾，山前冷意新。
衣单拼热血，船小载歌尘。
光照有时浅，波纹无限伸。
纳凉佳境地，可叹是游人。

## 中山故居

院内很平常，砖墙围旧房。
繁花堆甬道，乳燕闹横梁。
桌上家书在，床头扇墨香。
后人长景仰，一世为民忙。

## 魔幻黄龙

天上一条龙，阴晴各不同。
云轻水易碧，雾重花难红。
无欲瑶池里，有心童话中。
回头再望望，彩甲满青空。

## 三苏祠

清泉留百世，古树挂新枝。
响竹多风骨，翻荷有墨丝。
碑青遗笔在，匾旧故人迟。
塑像神光照，才高万代师。


## 登峨山

石阶一万重，倚杖晋阶中。
鸟唤清泉水，风摇绝壁松。
抬头观瀑布，瘸步入烟虹。
回顾来时路，云深一望空。

## 贵德行

一路好心情，山光格外明。
日红岩柱美，雪白彩幡莹。
地貌千般态，黄河一段清。
此间春意早，疑是故乡行。

## 回想 5 · 12

八荒已乱鸣，瑶水也出庭。
白日摧天去，罡风撼地行。
楼摇心不轨，土裂脑直棱。
转瞬翀巢燕，人间照鬼灯。

# 别　后（二首）

## 一

霏霏细雨中，独自望长空。

云起楼林暗，霞飞海浪红。

忆容嗟野步，读照想行踪。

念念一宵梦，紧追天际鸿。

## 二

河边歌舞后，月下徘徊久。

寒露满窗阶，花枝弄短袖。

凭栏望远鹰，独步思恩友。

只盼再相逢，披星一起走。

# 叹时光（二首）

## 一

时光生昼夜，天地有轮回。
秒秒相连去，分分接踵追。
云从山岭过，鸟越岸江飞。
落叶纷纷下，容颜默默摧。

## 二

白发无知觉，青丝不再随。
皱纹生刻度，香火弄尘灰。
纵有华胥梦，还需刺股锥。
当年呼啸在？岂怨百花催。

## 读外甥游记

那时读游记，印象在诗中。
弄笔惊邻座，抚琴迷野童。
潭空沉日月，雁远有声风。
偶尔开经卷，禅心已见同。

## 缅田先生

盛夏见秋霜，心头一阵凉。
辽天无日月，大地减辉光。
鹤驾青云去，英撷紫桂香。
必将诗海里，压卷有家双。

## 冬奥开幕式

燕山汇席雪，新颖又风骚。
绿草生天浪，黄河滚鸟巢。
歌飞寰宇沸，舞动太宵娇。
细炬添春暖，何须大火苗。

## 踏　春

柳动自邀风，西山绿未浓。
车流环左岸，鸟语挂荒丛。
踏雪一身汗，登高三界空。
四方多麦地，锄杠伴耕农。

# 旅　游

几度乘飞鸟，横行天地间。

东西追日月，南北辨云烟。

海市掀奇景，舞台呈大观。

小书装世界，旧梦续新篇。

# 泛舟湄南河

湄水载歌声，频将远客迎。

楼高一剑立，船小寸波清。

塔宇攀红日，浮屠刺北星。

心悠三盏酒，闲话泰佛经。

# 丘吉尔庄园

绿翠抱庄园，丰碑立昊天。
鹅闲波上舞，马困草边喧。
宫殿属家祖，名声响世间。
功勋都过去，故事尚新鲜。


# 中秋在德国

异域中秋月，难得一路跟。
新装方外客，旧脸枕头人。
四座皆天语，双杯独汉音。
清辉眉上镀，过境不沾尘。

## 佩纳宫

结伴入幽宫，红黄云雾中。
手挥能揽日，脚动可招风。
外貌难相比，内陈稍不同。
高端多美景，满目是青松。


## 登耶稣山

遥望面包山，朝霞化彩铅。
海宽波浪静，天阔野云闲。
红鸟鸣低树，青楼映素莲。
西边临美景，一抹玉沙滩。

# 出　舱

挥手天舟上，开舱摘月亮。
心头装宇穹，脚底踩云浪。
日照映斑衣，地移生景象。
太空不老人，随口成诗将。

# 迎考1977

秉笔到晨昏，读书穷古今。
轻霜阶下起，寒露脚前临。
海浅鱼无梦，天高鸟有心。
人生何处去，一纸定乾坤。

# 高考 1977

春风化雨百花开，天下琼玑唱未来。

三尺讲台频吐玉，一方课本苦吞斋。

鲲游四海迎新浪，鹏跃瑶山辞洛宅<sup>①</sup>。

多少明珠齐放彩，投眸处处是鸿才。

# 我的 17 岁

衣衫褴褛乡间走，没有盘缠肚里空。

日堕西山闲远井，月行东院冷茅蓬。

心催落户投门急，身访入村询路穷。

照顾回家三个点，还因欢喜<sup>②</sup>意相通。

---

① 宋梅尧臣诗曰"双鞭辞洛宅"。

② 指南兴乡欢喜村。

## 当知青

月落星稀出大工，栽秧打谷各门通。
连天割麦腰难立，几夜挑粮肩又红。
两道伤痕留手指，一生阵痛在寒冬。
茅庐破旧身心健，赢得光荣不放松。

## 第一次出川

正是春来好个天，条风伴我走东南。
白云护日三秦外，青鸟传歌五岭间。
眼底层峦空突兀，心中玫柱自嫣妍。
一声汽笛长鸣后，倏尔趋身鲁陌阡。

# 早　年

藐视雄关不问缘，青春面向大巴山。
雨中无伞心先透，船上有鞋足未干。
手动银锄描大块，身随彩凤戴霞冠。
今夕往事浮云里，洗尽铅尘枕墨寒。


# 晓　起

睡觉东方日正红，一时佳兴与人同。
窗台夜半棋谋乱，楼上霜临舞步蹬。
闲看枝头云欲散，聊观庭院鸟栖桐。
今朝天气何其好，漫拣书篇梦眼慵。

## 咏 梅

九天雪落净尘霄，远见花开心路遥。
借得人间千里白，修成世外独枝娇。
寒流去处无芳草，暖雨来时有玉箫。
懒向小溪说旧梦，岩边一笑竹萧萧。

## 街头梅影

街边乳萼垒三轮，一把十元寄暮昏。
款款浓香追远步，姗姗疏影入帘门。
寒山已慰梅妻魄，都市难招鹤子魂。
独者无心多问顾，相期欲娶爱之深。

# 银杏颂（二首）

## 一

初冬出彩数银杏，借得斜阳送玮瑰。

灿烂金英添暖意，飘飘蝴蝶动池台。

百花凋去无颜色，千树趋同有艳杯。

莫道天寒难作为，风光美在伴霜来。

## 二

银杏金辉初着霜，翩然蝶舞对斜阳。

冬来有色风光短，春去无踪天地长。

辗转江流随大势，出生庭院见高墙。

那时北国新留照，也是霞晖映叶黄。

## 咏 柳

绿翠今朝有鸟栖，当年雪压一枝垂。
狂风过尽随攀折，好雨来临又展姿。
只在冬寒飘白发，岂能春暖褪青丝。
正因四季皆经历，何惧黄沙闹眼时。


## 松之根

根追泥土涧边松，雨打风吹有面容。
自是深埋成大气，从无隐遁就平庸。
浊污不染千年茂，阴暗能源万丈峰。
本在低层休望顶，管他稂莠与谁宗。

# 月　夜（二首）

## 一

墙外竹摇墙内风，花红草绿醉鸣虫。

条条柳带皆倾北，滚滚河流独向东。

夜半家书无处寄，月圆归梦有人同。

牛郎最解相思意，为我立阶初露容。

## 二

夜静虫鸣风未歇，并州春色尽朦胧。

汾河两岸千枝舞，庭院三方数簇红。

月近高楼非客意，燕巡归舍与谁同？

一篇读罢鸡刚唱，试看寒阶露几重。

# 写给女儿（二首）

## 一

无欲贞廉气自扬，打拼莫要弃文章。
心悬明镜路途远，袖拂清风岁月长。
笔下泉流滋沃土，腹中简牍养饥肠。
修身不怕夜门响，立世还须翰墨香。

## 二

五洲四域重名闻，惯爱清风不染尘。
小草青青防野火，大洋渺渺向家村。
帆船遇浪同司舵，道路添光共照人。
自信耕耘从没废，行操最要是修身。

## 荷塘冬景

清池半亩起云烟，独我长竿钓暮天。
去岁荷花浮倩影，今冬白鹭落船肩。
已无青鸟能传语，唯有蜡梅来问寒。
一股浓香常醒脑，还将澄澈灌心田。

## 咏仙人掌

亦土亦沙身自坚，天寒地热更恬然。
松青不用水浇注，梅艳未因谁喜欢。
虽有芳枝常与伴，也无玉叶偶相攀。
披针为杜浮尘渐，哪碍游人放眼观？

# 相　见

十年长念今朝见，天降天仙在眼前。
把手不言秋梦苦，抚肩还问夏衣寒。
并行暗暗观新貌，对坐依依寻旧颜。
好似鹊桥相际遇，烟花柳岸瞬时间。

# 祭父母

芊芊青草半山冈，艳艳桃花阵阵香。
风下松枝生傲骨，云端白鹤照书窗。
杏坛本自三江起，骚句还从小巷芳。
偶有玑珠留纸上，亦将心志百年扬。

# 贺兄七十寿辰

彩灯高挂遇生庚，面向新春一世平。

笑看飞花随浪去，闲观落日坠云更。

莫追管鲍问梅影，但踏芝兰听雁声。

永远童心多意趣，南山在望菊篱情。


# 和兄七十自寿辞

九天寒冻压庐蓬，不见长空梳鸟翁①。

芦荟有心迎白雪，梅花无意借东风。

霞光透雾观新日，云气横虹问圣雄。

待到柳丝青绿起，一丛蓓蕾又微红。

---

① 翁：鸟头上之毛。

# 贺姐生日（二首）

## 一

早有金坪救病人，后来半世在医门。

处方纸上鹊陀见，手术台前母子亲。

南北流迁十载苦，纵横拼打处身尊。

心怀绝技奔天下，赢得他们赞女神。

## 二

百花竞放捧庚辰，幸与观音同日论。

柳暗溪明乡野暖，樱红李紫古城新。

善心如水泽千里，巧手无痕惠众人。

不慕蓬莱听玉籁，南山一望淡浮筠。

## 归　来

进门不见锅瓢响，但有佳肴满屋香。
窗外霜花晶似玉，盆中凤尾绿如裳。
立端清水洗尘土，即诵新诗说远乡。
妻女嘘寒频酌酒，鲜汤一碗暖饥肠。


## 谢弟媳

葫芦一对从天降，内蕴外乖容貌殊。
飞鸟无心说日暮，黄花有意论霜朱。
去年向海观风浪，今夜凭栏读远书。
梨木南来真品质，檀香如手胜珍珠。

# 闻侄女考取会计师

连年征战意无穷，一种精神城府中。
夏热远郊云有火，冬寒近野雪加风。
夜耕才望西山月，晨练又观东岭松。
且喜飞鸿目标在，必将从此向巅峰。


# 闻大侄获硕士学位

儒冠新照喜开颜，一路辛勤奏凯旋。
往日月光雕面骨，今朝柳露润心田。
云横巴峡飞天马，鸟出金笼向玉川。
若要人生多远景，先将拐杖渡书山。

## 闻小侄就业

临窗望外盼心开，忽见枝头喜鹊来。

雾散天明征马远，日红霞照渚鸥徊。

传薪自有家风在，继路当无荒草台<sup>①</sup>。

破浪行舟帆欲展，要摘云朵故山栽。


## 谢　友

莫道名家春意盎，当年滴水暖心房。

常思老井明明日，更记寒屋满满缸。

寸草幽幽连岁月，条风缓缓拂须霜。

真情已在时光里，一缕恩丝胜酒香。

① 宋代刘植诗："荒草夕阳台"。

# 登峨眉山（二首）

## 登峨山

峨山寺外黄鹂啭，遥送游人看紫烟。

云落青霄日出岫，松迎洁雪谷生岚。

霞绡半掩千佛顶，画笔专收一线天。

月里谁知僧磬冷，梵庵有客静无眠。

## 登金顶

艰难举步为登临，远见骑峰观景人。

云海滔滔天上落，佛光隐隐雾中伸。

青松伟岸沉渊矮，小草轻微紫气氲。

此地高低皆有序，无须竹杖鼓精神？

## 洪椿晓晴

洪椿道上雨初晴，晓露沾衣破雪行。

数嶂青烟吞绝壁，一庵僧鼓伴琴声。

千竿翠竹藏幽径，万壑松风卷落英。

最是飞流无限意，陶然不尽动诗情。


## 游岷江

一宵春雨翻红浪，两岸明珠映浅辉。

古树新枝啼小鸟，鲜花艳色染离堆。

手挥片叶吟诗去，脚踩轻舟载月归。

最喜有歌漂水上，波涛滚滚向东推。

# 都江堰

最忆都江好风景，二王庙里有真经。
一桥同载五洲客，两水奔流千里青。
鱼嘴云烟连浪涌，宝瓶削壁借歌鸣。
神功治本谁能比，蜀地平川万古耕。

# 青城山

漫山苍翠湿衣裳，暮入天师风正凉。
鸟语飞空生梦幻，流泉落地出霓光。
茶将临口半时爽，酒未开瓶满院香。
此观原来无夏季，绿幽深处有诗藏。

## 观兵马俑

西京市外一蒿丘，万古幽灵扬五洲。
战马征征平六国，俑兵阵阵立千秋。
军容再现雄风起，霸业当书乱世休。
功过已经成过去，聊观青史有貔貅。


## 天台山赏月

借得女皇风水地，偶将心事付浮青。
疏枝密叶山山动，细浪微波点点明。
手捧银盘观世界，脚踏飞火跨行星。
五车入肚何堪用，且向天街再取经。

# 在元通古镇

顺江古道雨霏霏，举伞搭肩笑语飞。
石拱桥头三水汇，半边街里数家炊。
我携艳舞传天姥，他换新装镀土灰。
多趣还穿黄缎子，衣衫湿透不思归。


# 上里古镇

两岸林阴添景色，老街临水有波声。
新鲜野菌门前晒，古旧犁耙地上耕。
几树蝉鸣消夏暑，满庭风动洗心程。
石头桥下青蒿蔓，总以幽香把客迎。

## 游剑门关

屹立云霄好景观，天然利剑引人攀。
手抓栈道纤纤索，脚踏悬车莽莽山。
碧草流光牛浪漫，瑶池玉水鹤翩跹。
登楼望远一杯酒，莫要失身往事间。

## 泸州品酒

泸州老窖破天出，难得窖藏刚倒壶。
清似岷山巅上水，纯如荷叶早晨珠。
未曾进口芬芳沁，偶尔入肠温暖输。
美丽江边无限意，一杯好酒大篇书。

## 高山茅屋歌

高山顶处一茅屋，朝露暮藏云雾中。
闪闪银锄妆玉带，弯弯小路上天宫。
桃源耕种有其乐，世态炎凉无所通。
若到夜来千里暗，明星一颗挂长空。


## 旅途寄远

西域关隘自驾行，风吹窗动冷三更。
无边大漠双峰骆，有界沙丘独闯翁。
一段黄河清澈水，几番骤雨落汤鹰。
远方正是红云起，莫把秋思寄月明。

# 麻　将

机器揉搓速度加，人人脸上挂红霞。
青烟袅袅雾中乐，好手双双桌面滑。
偶有一声哈站笑，原来两杠吼开花。
灵魂囚禁精神在，只想输赢不想家。


# 变味的社交

春风已溅马身腰，又见红云贴发梢。
金母蟠桃添座客，龙王海市架新桥。
琼瑶满地花千朵，芳草连天洒半宵。
万里长空随意趣，民间有境任逍遥？

# 同学会（二首）

## 一

四野还乡重聚会，当年笑貌酒中挥。

绿茵屋下书声漫，斜月楼头舞步堆。

燕雀分飞知霭露，芝兰荟萃识葳蕤。

偶然听得风流事，才晓别来多撼雷。

## 二

十春又聚海龙庄，杯影霓光心里藏。

一夜轻歌谐好舞，几番旧梦有新装。

持琴变奏思甘苦，索卷沉吟共雨霜。

放眼云空鹰去也，何时再发少年狂？

# 春 节（三首）

## 团 年

不觉冬寒数九天，两城亲戚大团圆。

梅横窗外酒添色，云绕桌前杯入环。

老树留阴能避雨，若虫破土可成蝉。

开心捧出新鲜事，处处耕耘有玉篇。

## 酒 后

围炉饮酒我先狂，岂为衣新迎暖阳。

剑舞楼台长啸起，杯飞梅影短歌昂。

远山雪白坠红晕，近水柳轻浮绿光。

醉眼蒙眬观盛景，一支爆竹送年香。

## 街　头

宁静万般元旦日，一声犬吠显声威。

大街小巷空无影，店铺商家闲有归。

偶尔汽车呼啸去，倏然电马顺风飞。

繁荣淡定乃天意，世态弛张先我为。


## 海瑞故居

琼山千古纪清官，平赋肃贪真敢言。

为奏治安①托后事，宁折纱帽斩骄顽。

一鞭吴地②宽天下，半岁朱门还旧田。

自有方圆成大义，人民常念海青天。

---

① 海瑞备好棺材，将家人托付朋友，然后向明世宗呈上《治安疏》，力陈朝政弊端。

② 海瑞在应天府等地推行"一条鞭法"，迫使豪强归还强占百姓的田地。

## 五公祠

郁葱静雅水潺潺，南海人文次第观。
小岛伏波归大统，中原志士落荒天。
泉留浮粟见清洌，轩立洗心生旧斑。
自古仁明多坎坷，丹青历练载流年。


## 包公祠

残碑有迹是人心，题咏千年世代尊。
一镜青天明大宇，几番奇案慰冤魂。
满湖秀水清波静，半榭笙歌韵味新。
炼就精钢①辉史册，民间故事老城深。

---

① 精钢：包公诗"精钢不作钩（鱼钩）"。

# 五台山

清凉之地紫光照，一路山幽莺鸟闹。
兴逸芳庭载古松，神交仙雾绕鲜草。
无波净水观音堂，有道沾泥佛祖庙。
袖满金辉喜宇新，手推红日问天早。


# 云冈石窟

柳色青青映壁雕，良眉善眼胜离骚。
云冈有幸扬华夏，昙曜归依效莫高。
西取精神为正统，东传技艺更高超。
千年岩孔成佛殿，也要招尊在野蒿。

# 三星堆遗址

借得阳光游古址，一堆神秘荡心扉。
残垣断壁惊天下，金杖铜人震地维。
神鸟正祈蜀国旺，凸睛畅望五洲飞。
时间已过三千岁，更有遗墟熠熠辉。

# 沙场梦

梦里挥戈杀正昂，尖刀直指敌心房。
旌旗带火西风烈，铁骑踏尸黄土扬。
已握拳头擂战鼓，且留忠骨守边疆。
青春去病①一腔血，早把闲身排用场。

---

① 去病：指西汉名将霍去病。

# 伦敦眼

难逢脚下是宫楼，河道弯弯鸥鸟俦。
老殿无心连广宇，教堂有意傍清流。
几时炫眼观三界，此处摩天望五洲。
两岸风光呈画卷，一桥一景水中悠。

# 爱丁堡城堡

屹立高层穷视野，几多钢炮布边墙。
曾经权杖威一角，现在王冠招四方。
小岛连波托落日，旧楼临海沫霞光。
五洲肤色同相聚，但认乡音是故乡。

## 观尼亚加拉瀑布

霓虹乱雾瞬息间，雨浪交加瀑布湾。

势若银河追野鬼，声如万马闯雄关。

风抓薄颈乐观水，魄落深渊怕见山。

彼岸一游多枉自，难将此景带回川。

## 昆仑山上

登临绝顶望苍生，云绕风狂身未倾。

几朵鲜花湖面动，一团色彩水中行。

牛徜低谷草无语，鹤越高峰雪有声。

感叹乾坤多好景，还思满月照春耕。

## 沙漠行

孤云半朵挂边垠，大漠茫茫浪有痕。
万里长空添视野，一丛芦荟惹心神。
回身脚印风中净，放眼霞晖地下沉。
独闯深区无恐惧，衣襟掩面挡沙尘。

## 咏　沙

河沙原本少追求，跟上英泥铸宇楼。
大厦摩天立城市，霓灯照体显风流。
回身世态舞台远，放眼云空白鹭游。
成就无非凭运气，休言埋没在江洲。

## 猴子戏虎

绿林深处有奇观，猴子轻松戏虎欢。

拽耳揪毛随纵跳，攀枝落地任飞弹。

一双灵手高空走，三个兽王狂气喧。

偏是王师未传技，难凭勇猛保平安。


## 南极帝企鹅

牵手一同建港湾，抱团抵御大冬寒。

分工明确精神美，合作有方状态鲜。

口吐鱼虾母施爱，身承冰雪父如山。

征程为此多坷坎，越过凌川是海滩。

# 茉莉花海

白雪花开朵朵新，茫茫似海绿中明。

冰肌玉骨纤纤素，翠叶柔枝漫漫青。

几里芳鲜多淡雅，八方馥郁少俗情。

风生有浪层香里，一段清凉伴晚晴。


# 七夕夜色

疏枝漏月落胸前，靓貌花容沉水边。

对影双双临翠柳，孤杯盏盏望空天。

吉他弹唱悄然起，夜照①萤光隐略间。

风动荷塘惊睡鸟，飘摇倒景舞婵娟。

---

① 夜照：萤火虫别称。

# 府河晨观

高楼一角挂铜钲，初露红光冉冉升。
雀唱枝头花若染，船移岸下水如瑛。
多张旧照心潮起，几处新村画意迎。
练武习歌香径里，茵茵芳草映晖生。

# 观《最忆是杭州》

魔幻霓光西子美，翩翩起舞水纹间。
天鹅走在波尖上，彩蝶飞无塔影前。
一曲月华添愿景，半湖茉莉动心弦。
颂歌 ① 唱醉全人类，今夜杭州不独欢。

---

① 晚会压轴节目《欢乐颂》。

## 迁黄金时代

天府新区一陋舍，楼高不挡太阳光。
春来小鸟枝头闹，夏至鲜花庭内香。
老借喷泉玩戏调，少依水榭当歌场。
喧嚣都市桃源地，省得心思梦远方。


## 新怡公园

门前有景更从容，且喜公园在应龙。
冷静黄花添馥郁，繁荣翠筱舞青葱。
高楼耸立新区伟，大道贯通天府雄。
生态新怡多色彩，悠闲老妪乐其中。

# 秋　晚（二首）

## 一

傍晚轻霜冻我头，半弯冷月照红楼。

中庭有景别人去，小径无声宠狗悠。

破裂花盆可盛水，缝合胃口总装愁。

贪杯一醉全没事，窗外萧萧满地秋。

## 二

红楼院落见霜飞，枫叶失丹晚梦摧。

冷面天王空自恋，热心香客总相随。

由来肠道车难过，从古江流船可桅。

气象有寒先准备，借得风景伴秋归。

# 江心垂钓

独立江滩秋未寒，凭空凝望钓竿悬。
浮飘异动心惊起，诱饵虚吞手误牵。
烟渚荻花风景好，岸边垂柳性情闲。
扁舟一叶任波浪，恰是水流平静天。

# 野　渡

钟鸣远寺望江碑，烟雨朦胧一片梅。
旧镇已合流水去，新村正伴暖风随。
轻松举棹初心在，沉稳扬帆后劲催。
谁握钓竿先上岸，长箫拂面酒三杯。

# 秋日外度

湖畔休闲未解装，凉风煮酒度时光。
天边红叶悄悄落，篱下黄花淡淡香。
不问青春离野草，但观白露恋斜阳。
晚昏有景随它去，却把渔竿钓夜霜。

# 风中菊韵

一夜西风百苑凋，繁华去后有花娇。
清幽细蕊休闲舞，旖旎芳枝自在飘。
不向春光争艳色，偏将秀媚献萧骚。
从来玉魄矜寒飒，尤到重阳更挺腰。

## 赴得荣矿区

金沙江畔雨初晴，晓露含枝侵画屏。
弯路崎岖风景秀，青溪婉转藏乡情。
喜因矿脉随心愿，乐在群山寄梦灵。
漫向奇峰攀峭壁，霞绡深处有机声。


## 论诗韵

现在谁将雨读乳，几多旧雨洒当今？
老枝长盛迎春草，双燕齐鸣引凤音。
白话奔腾洪水涌，文言涓注细流存。
大江东逝难回溯，古韵图新日欲暾。

## 诗词大会

长河滚滚载星辉，穿越时空见翠薇。

大漠孤烟追落日，江南细雨染青梅。

飞花对句心先动，沙画抢分手竞催。

且喜当今舞台上，奇葩蓓蕾映春晖。

## 贺诗群

芳草芊芊映日轮，百花竞放有阳春。

绿萝喜水多淋雨，玉树迎霜少染尘。

鹤走浮萍诗趣好，鱼飞瑶岛意思新。

奇瑰异果经常见，篱外风光能醉人。

# 祭余光中

欲枕江河听管乐，却因海浪诉乡愁。

苦瓜蒂落满天籽，白玉辉生青汗流。

松翠武夷根本固，鸟鸣阿里羽毛忧。

放歌一世情深处，终把相思留那头。

# 怀流沙河

当年巨浪卷流沙，岂止孤星遇乱鸦。

老马存身千里路，困牛惜命两杯茶。

放只蟋蟀鸣边海，留盏心灯照远花。

不是精神多世故，须将理想润中华①。

---

① 诗歌《就是那一只蟋蟀》《理想》入选中学教材。

# 贺木斧老师米寿（二首）

## 一

演尽人间悲喜剧，清风拂袖有诗藏。

承霜载雪冬花美，挟电推雷夏树刚。

老骥新疆追满月，巅峰小草放晨光。

东篱把盏槐阴绿，一望南山茶正香。

## 二

溪边柳绿半空扬，朝雨清尘又退凉。

紫燕靠栏来贺彩，流云近日不遮光。

四方贤客三杯酒，一代宗师两唱腔。

难得微醺添鬓乱，长留照片到天荒。

# 读龙郁老师诗

一绳直曲任拉伸，蜡炬深宵无怨痕。
共负草堆田埂走，独穿暴雨大街巡。
已留萤火明长夜，更去尘埃借水盆。
炉焰青青说影子，闲来听静识乾坤。

# 和寿康耳顺辞

大浪东行唱逝歌，黄沙淘尽未因何。
浮萍傍藕难归海，溪涧入流偏逐波。
岸上蜡梅经雪压，水边甘蔗耐牙磨。
闲悠放眼云来去，好梦如初平仄驮。

# 河边吟（二首）

## 一

曾邀故侣三更起，夜里横行大浪间。
面对洪峰桥上跳，身沉水底渚边闲。
稻香阵阵说幽梦，剑气翩翩望远帆。
明月有心来与伴，雄鸡欲唱懒归还。

## 二

闲来垂钓石桥下，不是溜鱼但弄琴。
隔岸手推风剪柳，立船目送燕裁云。
河边野草从无梦，屋顶鲜花应有心。
浊酒一杯浇往事，放歌款步叹青春。

# 江边吟（二首）

## 一

江边垂钓有蓑翁，日暮山川一望空。

踏步五洲头略白，举言半盏脸微红。

才亲北美览秋色，又向东瀛借朔风。

醉饮如歌随放纵，任凭散发系长虹。

## 二

草绿花香天湛蓝，红楼有梦锁窗轩。

门连道路知经纬，水映乾坤识暖寒。

折柳才观云气净，凭桥又望日轮圆。

金秋一到多姿采，左岸风光最自然。

# 海边吟（二首）

## 一

独坐海边礁岛上，苍天无语浪痕垂。
时光已带童颜去，岁月不招黑发回。
千里孤鸿追旧梦，一方归燕避新雷。
悠然面对潮头鸟，宁静沉心也展眉。

## 二

偶到边城独举杯，又将遗兴落沙堆。
长天接海铜盘坠，细叶沾衣白露垂。
小榭笙歌抬大戏，横桥古字映余晖。
微风拂醉问归鸟，何故匆匆下翠薇。

# 元宵节

## 一

黄昏正喜煮汤圆，但见烟花又点燃。

光焰腾空妆盛景，老城焕彩洗心田。

宫灯已比天灯亮，狮舞不如人舞旋。

莫道今宵多醉意，金杯一举又经年。

## 二

独倚高楼览合城，霓虹溢彩到天明。

河边柳带随风起，路上花仙对月行。

变色流光连广宇，溜冰舞曲动宸京。

当今夜夜华灯炫，岂止元宵一夕情。

# 破雾赴约

晓日洞穿千里雾，蒙蒙浩宇露真原。
蓉城未被云吞去，肉眼偏将路拓宽。
片梦随花茶正热，孤心入桂酒先干。
山川本是青春秀，映蔚红林动态观。


# 晨　雪

纷飞大雪降红楼，己亥京畿开好头。
昨日阳光温瘦骨，今朝玉絮冷貂裘。
满山枯树花苞挂，遍地香车面貌羞。
一扫尘埃霾雾去，瞬间空气变新优。

# 雨夜有梦

夜雨声声落枕边，忽然立在大河滩。
洪流滚滚冲枯草，白浪滔滔卷汉天。
水尽虹明飞鸟野，桥宽柳绿马车喧。
龙王已就眼前拜，手握乌云被盖掀。


# 中秋雨夜

霏霏细雨锁苍穹，不见中秋月色胧。
鸟恨街边千树泪，客迎巷尾五根松。
举杯未把余芳尽，握饼方知满腹空。
没有婵娟明玉宇，桂香一样味无穷。

## 秋日咏叹

满地落英谁过问，秋风阵阵扫残香。
燃烧蜡炬逐时短，埋没银丝渐次长。
梦里乾坤围四壁，水中日月照单窗。
光阴虚掷一壶酒，客路匆匆向大方。

## 开封菊展

壮哉金蕊聚龙亭，引领蜂蛾进午门。
盛世情歌台上对，古都旧事戏中陈。
一湖两姓分明暗，七彩同株乱假真。
今日醉心花海里，难名彩练缀流云。

# 自　嘲

书门修蹇六旬身，未拂坊间一片云。
画上竹枝空有骨，池中月影枉无尘。
山飞流水沉渊去，海孕浮游随浪分。
欲把梦魂留简纸，还将笑面掩啼痕。

# 自　白

几番霾雾染征程，幸有清风相伴行。
未赴瑶台识李靖，已来尘世认刘理。
金猴不怕火炉炼，玉笋枉劳笼屉蒸。
麝带脐香休讶异，诗书可点地球灯？

# 除　夕

夕山明媚好天气，更有红梅送远香。
溢彩艳光辉暮雪，流年老酒缀新房。
推门贴纸窗花暖，举手开机贺语扬。
炫舞放歌舒广袖，岂因平仄囿轻狂。

# 春　望

羊走鸡鸣天放晴，柳枝摇曳浅霜轻。
高楼挂日远山矮，白鹭随波近水明。
漂渺小船追梦去，崭新犁耙逐春耕。
谁家汽笛先飞起，万里征途又启程。

## 斥 独

金瓯欲固靠伊莱，一土棣棠无用猜。
总有相思留木牍，岂非畅望上高台。
离根树叶随风跑，连本桃花带露开。
只要成功还在世，不容独派再胡来。

## 晨 望

玉色浮光银汉流，晨曦一照露初收。
涉台莺闹冲华夏，乱目鸡飞度暮秋。
不统江山休醉酒，应迎宝岛再登楼。
休嗟旧梦随花瓣，晓镜霜丝未满头。

# 端 午 <sub>(二首)</sub>

一

槛外云端问雀罗，不如芃野听鹦歌。

浪翻艾草千般泪，船载香风一阵哦。

飞沫砸心凭妒忌，投鞭击水任磨跎。

离骚本是牢骚赋，岂为当朝治楚疴。


二

窗外榴花一阵香，邻家蒲艾挂门框。

历来衣锦时光短，还是离骚韵味长。

踏遍五洲怀旧事，看穿四壁写新章。

往年浊酒浇丝草，今日单围粽子忙。

## 故人来照

曾经冰冻九霄冷，恰是红梅映雪时。
枯木逢春春色异，小荷遇雨雨连丝。
亭江有景天仙在，貂帽无痕夜梦迟。
莫道冬寒稀草绿，黄昏伴月忆芳姿。


## 致网友

高楼一角望苍烟，纵贯东西路几千。
出海浮云成蜃市，传音短雨会天仙。
霓虹道道连三岭，紫气团团渡万山。
织女无须思往事，鹊桥就在指挥间。

## 荔枝吟

一束荔枝千缕情，甘泉迭涌醉心人。
离堆桥下晨追影，望月楼头夜弄琴。
不怨长箫音细细，更怜短舞语温温。
自从破壁都江堰，此后思君日日新。

## 北国风光

还是伊春好个冬，银装素裹驾长风。
一宵玉甲千村白，半里梅园几点红。
日照凇凌添幻彩，笛吹残绿染心空。
山川不改天有意，变换一新方正宗。

# 元　旦（二首）

## 一

脚踏末日跨新年，驾鹤云游天路宽。
地上鸿泥刚淡去，心中雁阵又开端。
五洲留影生活美，四海入诗滋味鲜。
览尽人间奇怪景，莫将岁月变秋寒。

## 二

烛光隐隐月光迟，弃盏推杯辞岁时。
酒罢桥边来问道，画成梦里去寻诗。
宿鸟无踪偏弄影，兰花有意未登枝。
狂歌竹杖翻新页，旧日寒钟我独持。

## 致友人

南桥天晚望江州，霓彩如虹照碧流。
苇蔚高低衔落日，花鲜左右映轻舟。
楼台对酒歌还舞，微信连频子与俦。
回首当年鸿雁聚，共将泥爪印春秋。

## 登黄鹤楼

欲乘黄鹤就浮清，却见天阁紧闭庭。
唯有江流淘往事，更无睡鸟诉秋声。
野船已载夕光远，芦苇空临岸畔迎。
黄鹤不知何处去，溟蒙烟海问征程？

# 登古楼

日落西山江自流，依稀古庙乱云收。
霞辉赤壁翻新浪，烟滚渔矶渡浅秋。
载叟小船风里笛，对歌大戏史中楼。
冯唐已去贤英老，多少王孙白了头。

# 贺友升职

借得和风揽翠微，那时相聚在离堆。
江流已载青春去，故土能招紫燕回。
柳暗长堤同赶路，花明小苑再干杯。
欲将对弈东篱下，一道霞光放晚晖。

# 露 营（二首）

## 一

几顶帐篷溪涧横，萋萋芳草满流萤。
将依峭壁遮天雨，却咏幽兰隔世情。
夜静长箫迎好梦，日出短剑问苍溟。
山中不见尘埃舞，篝火一堆神气清。

## 二

红梅绽放添冬色，点缀千山昏晚雪。
流水无心独自歌，深渊有意当前冽。
帐篷一顶朔风吹，苦菜三株滋味别。
四野茫茫脚迹稀，半锅清液煮明月。

## 有所感

春风已度望江桥，学子回眸尽楚骚？
鱼跳龙门天放彩，鹏飞廛市浪支旄。
长河不幸生妖魅，浊酒有闲观巨涛。
秋露冬霜成四季，雪来雨去黍苗高。

## 理　发

对镜才惊华发增，皱纹爬面苦为情。
满头白焰举年月，半世沧渊借雨声。
骏马奔驰因地震，雄鹰乱舞为天倾。
剃刀欲了心头事，岂可一推入旧籯。

# 读　史

万方山水润苍生，何故人间等级明。

野草巅渊原有别，浮萍远近本无争。

遗孤血脉嗟赵氏，上位秦皇呀史宬。

萌幼不知身显贵，一声啼哭众奴惊。


# 杜甫铜像前

浣花溪水清如旧，百世茅堂成剩游。

纤竹萧萧嗟往事，沙鸥点点诉新愁。

鲜光手指难施福，瘦骨铜身易害羞。

浅草盈盈无自重，何须负累借松丘。

# 铁像寺茶客

竹枝深处小溪澄，寺庙旁边茶味新。
古老戏台空对日，鲜活水景总留人。
海棠无意秋来艳，槐树有心檐下阴。
落叶飘零诗兴起，每回相聚每回吟。

# 野　望

弦月当空窥大地，暖阳明媚照红英。
水中细柳摇新叶，山外群鸥赴旧城。
总是江流经雨打，从无海浪怕风惊。
天连古冢青青草，似续千年梁甫声。

## 春日登高

旭日金辉镀酒楼，晴空如洗远江悠。
迎风翠柳千条秀，含雪眉山半面羞。
岭上银锄挂云朵，田间犁耙逐耕牛。
登高但喜春光好，收拾心情去野游。


## 春　光

遍地花开洗心境，风光旖旎壮精神。
柳垂滴露丝丝翠，草细连珠片片新。
鹂鸟弄晴临岸舞，凫鸭戏水向船奔。
轻装秀女有闺愿？借助拼衣亮浅春。

# 秋　日

叶绿叶黄今又是，风来雨去总无常。
静观蚂蚁红亭走，遥望雄鹰峻宇翔。
脚下新鞋奔老路，眼前旧历挂高墙。
一声叹息沧桑泪，留得青山岁月长。

# 秋　望

又见晴空气候新，清风浩荡净纤尘。
香生桂子随人愿，色染石榴遂我心。
大海横戈穿雾霭，小舟腾骥向云津。
江山涂彩三秋丽，岁月苍黄别有勤。

## 望　雪

蓉城欲雪晚风寒，地上轻霜袭趾尖。
红酒一杯郊外客，彩灯万盏梦中天。
池间青鸟向人舞，涧侧浮光共筱喧。
坐等琼花新世界，却来飞柳挂云船。


## 晴　日

绿草珍珠耀日阳，非因一夜雨丝长。
高山含雪巅峰白，大地流云麦穗黄。
霾雾今朝无旧迹，晴烟昨夕有新疆。
东风浩荡澄天宇，横扫残埃见雁行。

# 祖 国

一抔黄土祖先坟，世代松青荫后人。
同在环球游世界，各施金杖护斯文。
蚍蜉依树寻家去，大象沿河念草奔。
开口原来皆母语，相逢掩泪问乡亲。


# 雨 后

阴雨连天初放晴，锦江翠柳洗纤尘。
月明两岸先垂钓，秋飒新街助舞轮。
水草轻摇多自得，夜莺互唤少娇嗔。
远方山色呈禅意，一去朦胧现正身。

## 龙泉湖小岛

借得沙汀不想归，闲来偶把钓竿垂。
平湖滟滟观鱼跳，野岛嘤嘤逗鸟飞。
日赤高天波上碎，花黄向晚岸边堆。
此间恰似桃源地，未涉炊烟少是非。

## 青龙湖

真是青龙浮眼前，蜿蜒碧韵浅山边。
轻舟漫渡沉鱼起，凫鸟低飞垂柳闲。
径可通祠听道语，桥能临水亮心田。
偶将倩影落湖底，顿识人间有画天。

# 山湖寒鸭

粼波若镜盛天宇，戏水寒鸭弃绿洲。
脚下夕光身影浅，眼中落叶齿牙秋。
偏随立木迎新月，最怕长竿换饵钩。
有翅欲飞心不动，桃源深处意悠悠。

# 听　蝉

诉唱如歌不见身，瑶池散落古琴音。
虫唧切切山云静，日烈蒸蒸稻穗新。
野草丛花皆有态，江枫岸柳总随心。
非因隐影朋知少，但与他声共晚林。

## 鸭子河

绿阴暗柳伴香茗，红艳名花一岸清。
鹭正腾空掠浪谷，鸭先离渚应人声。
楼台近水添心境，歌手临河有激情。
往日半滩荒草地，如今维港夜珠明。


## 两棵树

两地无依隔大河，托风呼唤有心歌。
清流载影从今古，浊浪推身任咤吡。
夜到幽思随岸鸟，朝来挂念付渔蓑。
扎根深土难移动，相望一生寄意多。

## 山中老者

小径黄昏无客至，悄然半月后山行。
村庄淡静炊烟起，路鸟悠闲步履轻。
发白济贫勤卖水，心宽重趣寡增盈。
晚来生意从何做，捧得诗书读有声。

## 赞 Z 救人

黑云压顶岸无边，风暴浪高船已翻。
浪板先随同伴去，浮球又让患兄安。
漂浮海面一纯索，饥饿孤礁整夜间。
生死关头无自我，只因施救乱蒿眠。

## 说名家

书里桃源梦里真，青编美刺自重门。
水仙恋影终无果，野草还魂应有根。
酒送烟花天上暖，歌迎翠鸟嘴头春。
首阳蕨菜养身体，槛外风光处处新。

## 论傲气

自视高山一座峰，不如田坝半根葱。
地球转动成年月，天海沉浮辨宇空。
只有文章传世纪，从来傲气误英雄。
孤心慢物人渐远，切莫生生四壁中。

## 愿　境

沧海归来坐酒吧，地球南北度年华。
脚蹬环宇童心起，手握金樽老眼花。
要揽风云磨铁杵，休将笔墨付烟霞。
三冬但觉文章暖，入暮琴音作面纱。

## 清廉吟

最是经纶不染尘，偏偏霾雾紧相邻。
一生虎胆推钦酒，半世莲心扫近亲。
欲赴沙场先有泪，已沉宦海本无身？
长风浩荡呼呼过，且看渔舟清白人。

## 山居晚吟

夕阳剪碎落飞泉，粒粒金光照暮天。
水荇移辉风不管，鱼竿钩月手无闲。
山空只要一杯酒，梦远非因半亩田。
左岸枫林红烂漫，粼波闪闪野鹅喧。

## 出寺门

面壁终天欲断魂，深山静寂恋红尘。
晨钟未响心先乱，暮鼓刚鸣梦已频。
拂袖青丝遮眼美，凌波仙子扭头春。
台阶一下清灯远，师弟双双出佛门。

## 感　事

江河最怕起洪潮，潮过毛虫满栋挠。
门缝观天天自小，杯中望月月能高？
歌迎圈鸟心头景，酒战佳人梦里骄。
闭眼他方都是暗，从来红日照天曹。

## 手　机

荧屏着手好亲昵，偶尔分开魂已痴，
短叹一声云共问，长歌几阙雁先知。
晓来大事低头见，夜起佳人对面辞。
世界而今花样小，卿卿我我不嫌时。

## 海峡两岸

只盼东风驱宿雾，金瓯无损有新声。
蓝天延漫枫林赤，白日重升苍狗宁。
小岛落英冬色暖，大江流水瑞光生。
可怜老妪梓桑下，淡饮一杯论旧情。

## 重　逢

相见瞬间能叫名，童年笑貌底潭升。
粗茶一盏话梅柳，浊酒三杯论管筝。
苦历沧桑悲逝水，饱经风雨淡浮生。
霜侵两鬓芳华去，只有感情依旧澄。

# 望台海 （二首）

## 一

江山逐梦展新图，浪荡大洋嗟老夫。
他舰横行千次近，我机演练几天殊。
无痕领土红英绽，有裂金瓯野草枯。
但念成功驱外寇，积粮挖洞胜珍珠。

## 二

满目枫林红未浓，若虫遁影早无踪。
一湾欲静风难止，两蚁相争路略同。
田野谷肥心自定，天空鹰健意当雄。
海边阵雨随时起，准备登高望彩虹。

## 街头吟

寒风拂面大街行，饭店篱边热气腾。

音亮歌飞非喜事，灯红酒绿是常情。

高楼相对霓光幻，宝马从流景象生。

又到桃符随世变，无烟竹爆伴新茗。


## 除 夕

儿思父母奔长途，除夜团圆共暖炉。

敬老恭斟三盏酒，问儿又念几篇书。

路行千里鸿飞梦，笔写新章虎啸图。

坎坷征程常记训，感恩天地苦相扶。

## 新　春

洪荒玉宇有诗藏，怎奈穹天不我将。

雪染青丝拂傲骨，风吹瘦影荡衣裳。

蒹葭又绿轻舟懒，雾霭虽开废草伤。

梦里春光应淡定，烛残难入少年场。


## 船　上

日照蓬莱山逦迤，云蒸海燕水磅礴。

漂移篙橹翩翩摇，烂漫樱花瓣瓣落。

欲向前程换马鞍，偏将简历投渊漠。

浮光已带紫烟生，且借轻歌追白鹤。

# 虎

早起虚怀逐太阳，皆因意欲占山岗。
青春踏遍猢狲去，残酷留余白骨狂。
四处和风吹细雨，一生老梦怕天光。
丛林自有丛林则，岂可空身叫大王。


# 答海外诗友

片帆已过大江东，回望山川忆石崇。
巨浪冲冠惊海燕，神龙斗虎借天风。
九州一帝书秦字，千载万邦论圣雄。
可叹思归归又去，他乡悲乐岂相同。

# 听　笛

笛中一曲落仙图，云里星光有亦无。
浪漫轻舟歌伴舞，叶飘诗句酒加壶。
勿言玉阙多寒剑，休怨红尘少静庐。
但坐于菟观蜃市，凡心未敢问天枢。


# 赞温州好人

张张假币易食真，国色面条怜老心。
皱皱巴巴一片纸，沉沉甸甸几年恩。
身衣褴褛非穷丐，手绘钱钞是现金。
智障行为不嫌弃，开明店主若家人。

# 感　怀

又见乌云闪电临，当惊昨夜梦中人。
蓝鲸不惧声涛涌，大地难跟燹火沦。
口渴正须挖井水，身粗岂可压边林。
百年老树分枝长，应是同根叶叶新。


# 感　时

雷滚乌云恐再传，厌观战火照青天。
哀他麦地成荒冢，惊我桃源咏钓船。
莫借热枪摧榄绿，休凭冷雨拭霜潸。
万方翘首都期盼，握手言和熄燹烟。

# 锦江新观

幽深两岸紫薇香，叫唱蝉声阵阵昂。
过去河滩坟与草，今朝都市酒和鲂。
风光旖旎芳堆砌，心境悠闲鱼跳踉。
楼挂夕阳红似火，鹭丝直立水中央。


# 贺兄《诗学大辞典》出版

黄金岁月以当时，一手文章创路碑。
秀笔闲抛成大典，新书频出见葳蕤。
青铜铸鼎铭篇在，星火追光飞箭驰。
偶赋诗词玩雅兴，我兄杖国更英姿。

## 望地图

先人指路水天宽，应借鹰飞试暖寒。
怅抚公鸡思砥柱，惜裁荷叶壮云鞍。
琵琶涵愿金瓯梦，骏马绝尘宝剑悬。
纸上行舟空鼓劲，海风浪漫敢登船。


## 赴京路上

一路风光变幻中，麦苗青草不相同。
山高仰对清流水，谷浅俯临奇怪松。
畅望夕烟飞鹤影，又观楼宇缀花容。
轩窗两畔都干净，幽梦惊回到故宫。

## 出门旅游

不戴新冠好远行，一声呼啸动长鲸。

寒云已去琼英美，红日初升野鹤明。

且看大熊玩小鸟，才知天狗护黄莺。

银河运转星归位，江海平和是我情。


## 家　风

祖上德馨金榜名，至今七代受人钦。

读书四辈川大籍，养志一门干净身。

先父移交金钥牡<sup>①</sup>，长兄引领典奇文。

家风本是莲蓬子，绽放丰姿不染尘。

---

① 父亲 1949 年末系绵阳税局主任，掌管金库钥匙。
因避战乱众人皆去，父亲坚守岗位直到解放军接管金
库，分毫不少，物账两清。

词

沁园春·雪

树挂松针，山裹银装，一夜寒风。
负九天冰冻，初阳低暖；一株娇艳，郊野飘红。
飞鸟寻枝，归羊迷路，剑舞骄姿仙景中。
心特醉，待婵娟共度，白里长空。

风光如此难逢，正妙笔生生匝草蓬。
叹楚鸿画韵，而今不左；屈原文采，何代能垂？
恨我崎岖，雄心入暮，面对江流乱数峰。
堆雪去，有家人呼唤，小院之东。

文/游运　2016年春节

# 忆江南 · 二吟

## 梅

寒流急，何处有花开？

雪舞芳芳残绿远，松迎积雪满山皑。

谁去唤春来？

## 春

晨曦现，清露润蒿莱。

雨洗乌云天放彩，风吹翠柳岸生苔。

绿意满窗阶。

# 忆少年·而立有怀

年时草靡，
年时树萎，
年时寒迫。
梅花带露笑，
也无多颜色。

记月照孤窗满地雪，
问春风几时来得？
蒙眬酒初醒，
看东方欲白。

## 忆江南·印象

长相忆，
相忆在村头。
笑脸盈盈声细细，
秋波闪闪意柔柔。
话语略含羞。

曾相约，
镰月细如钩。
满脸稻香多有意，
一身柳绿暗生愁。
恨我不长留。

# 酷相思·送行

站上行人观个细。
既相约，应相会。
怨无意班车飞也似。
君去否？言无寄；
君在否？神无寄。

夜半孤杯拼一醉。
契未定，人先悴。
问重读鱼书[1]真有味？
绪漫漫，更声碎；
愁漫漫，更声碎。

---

[1] 鱼书：指书信。

## 忆秦娥·怀旧

溪声咽，
旧亭孤柳房湖月。
房湖月，
风来兮碎，
叶零兮缺。

故园花径吟飞雪，
而今雪尽空无客。
空无客，
蛩鸣如诉，
鸟鸣如泣。

# 忆吹箫·刀郎现象

兰草荒郊，玉梅宫阙，从来各自芬芳。

借别人花院，同上厅堂。

不愿挨肩并列，阡陌里、独立无双。

心头愿、萧墙饮雪，白发添霜。

茫茫。立身旷野，天下共生存，雨露阳光。

念短弦长管，重现新篁。

谁信多年秋水，沉淀后、醇酒飘香。

星光照，坊间唱歌，夜市飞腔。

# 十六字令 · 读书 (三叠)

钻，
斜月清辉照玉栏。
蛰声漫，
人已诵书酣。

钻，
两眼书篇就午餐。
思良久，
日影欲三竿。

钻，
细雨清风午夜寒。
孤灯暗，
鸡叫又明天。

# 卜算子·铁脚海棠

小苑一枝花，
娇艳无人觑
恰似红梅总傲霜，
胜过寒冬炬。

有色自然香，
等待群芳序。
到了三春着意开，
共沫阳光雨。

# 霜叶飞·重阳登高

夕阳西照。山林外，沙鸥云霭飞渺。

野荷片片斗长风，摇动纤纤草。

已不见、繁英绽笑，秋来妖艳难寻找。

记陌路扬尘，大块猛挥鞭，梦里华胥曾到。


休怪往事如烟，挥锄平地，度夜如昼洼沼。

露霜一担在双肩，带月田间跑。

气势壮、雄鸡报晓，耕牛收获知多少。

愧发白、人憔悴，愿景重生，一张皮豹。

# 浣溪沙·缅 Z 同学

1983 年秋惊闻 Z 同学噩耗，不胜悲慨。

长恨枝头立暮鸦，
惊呼我友去天涯。
潇潇秋雨泣留他。

二十春秋随逝水，
一身事业伴流花。
不知此去到何家。

# 浣溪沙·咏竹

雪雨霜风四季筠，
亭亭秀秀挺森森。
严冬时景更精神。

漫道输芳人问少，
无须献媚画中鼙。
置身万木可添春。

# 浣溪沙·赠同学

饮水都江面壁难，
蚊虫叮咬送香烟。
二王庙里对芳颜。

秋去惊雷何处听，
冬来归燕有谁看。
不当雨夜两心寒。

# 如梦令·海上

白日青天光远，
碧海无边波浅。
乘兴上飞舟，
越过乱滩真险。
睁眼！
睁眼！
数片浪花堆脸。

# 忆旧游·怀念恋人

记晨晖拂面，笑洒都江，情满南桥。
浅水离堆走，正胸燃爱火，两臂相交。
宝瓶口里波涌，同赞小舟摇。
渐暮色微临，霞光浅照，兴致尤高。

今宵。
畅回首，更旧景新思，犹似昨朝。
怎奈人新瘦，怕西风重挠，残雨萧萧。
念君日日思我，春意暖心潮。
待破壁同欢，双杯醉酒愁日消。

## 水龙吟·登长城

飞身跃上苍龙，行程万里无归意。

关山内外，松青草翠，郁葱佳气。

长岭连天，紫阳高照，碧空无际。

看旌旗招展，五洲客聚，人如织，歌声起。


何故孟姜哭瘁?

想当年，七天不退[1]。

六疆一线，江山统一，戍边何计?

为我长城，添砖加瓦，人当如是。

问天涯客子，登临此地，有何知未?

---

[1] 传说孟姜女因夫埋长城，哭七天七夜，感天动地，八岭开裂，露其夫骨。

## 念奴娇·游九寨

玉皇作美，向人间、敕与翡翠澄澈。
云影天光妆镜海，照尔一声轻瑟。
树下湍流，桥边暗柳，小燕飞茅舍。
珍珠滩上，滚来千里盐雪。

恭劝四海佳人，游骢自净，莫玷仙姿色。
玉鉴琼田当共爱，爱我山川长策。
细品糌粑，漫溜骏马，一应由宾客。
对歌行酒，藏家席话凉热。

# 钓船笛·黄果树瀑布

声似古钟鸣，
日照彩云横绕。
推步紫烟深处，
看浪高人小。

水帘背后举银河，
仰面对天啸。
借得小舟漂荡，
任洪波奔跑。

# 夜行船·三峡吟

遥望鹤楼离我去，

风细细、倚船凝仁。

都市光辉，

渐迷烟渺，

明月碧波江渚。


十二奇峰神女路，

莫再问、几多云雨？

白帝城边，

霞光浅照，

渔唱晚歌归渡。

# 临江仙·漓江行

烟雨蒙蒙骑象背，
望中水秀山清。
一盅淡酒满江馨。
船移涟皱起，
山动乱羊行。

两岸桂花香暗渡，
折枝惹我心情。
随风落叶任飘零。
华胥何处是？
独自立江汀。

# 谒金门·乡恋

千山暮，
目断天涯归路。
雨尽夕阳闲散步，
衣染汾河雾。

怕听枝头燕语，
躲进柳荫深处。
垂柳丝丝临面舞，
若把相思诉。

# 西江月·冬景

四野皑皑雪累，
满湖厚厚冰封。
漫天飞絮掩青松，
遍地梨花谁种?

桥上梅花半露，
天边斜日深红。
探戈溜得好从容，
应谢九天寒冻。

# 忆秦娥·迎泽湖

波光织，
晨辉初照迎湖北。
迎湖北，
岸头柳陌，
水中莲碧。

小船流水他乡客，
谁来相与同摇楫？
同摇楫，
万波踏破，
一杯同白。

# 玉楼春·五台山

天蓝地翠清溪绕，
一望台峰朱宇小。
苍松无计掩云庵，
更让紫阳辉碧草。

观音殿里青烟袅，
钟磬声声当祈祷。
僧人自道喜清凉，
遗憾修身来未早。

# 画堂春·悬空寺

峭岩高处满青松，
绿屏不掩僧钟。
一尊寺庙壁间红，
朱染云空。

拾趣扶栏漫上，
雨微路险烟浓。
众人拜佛兴尤同，
无意轻从。

# 点绛唇·平遥古城

日暖风寒，
古城节日旌旗展。
炮台冰软，
一角红梅艳。

票号钱庄，
故事多深远！
声声唤，
满街商贩，
都是清朝汉。

# 满庭芳·西湖山水

水似琼浆，山含绮秀，西湖真是多娇。

长堤新柳，分绿跨虹桥。

好个流光①玉鉴②，微风起，楼动亭摇。

腹心处，荷花香透，潭上有笙箫。


潇潇，音韵壮，英雄遗恨，愁满弓稍。

看碑墓花妍，柏翠松高。

应念忠魂故里，抬望眼，天净阳骄。

孤山上，晴烟冉冉，峰浪彩云飘。

---

① 流光：水面上的光。

② 玉鉴：镜的美称，指水面如镜。

# 踏莎行·桂湖

一路莲香，
一池荷翠，
一方歌榭弦声美。
蜻蜓点水绘涟漪，
雨余垂柳新如洗。

才恋莺啼，
又观鱼唪，
小船驶向湖心地。
漫摇双棹浅吟诗，
惊飞蝴蝶离花蕊。

## 鹧鸪天·二滩电站

一坝拦腰截二滩，
平湖镜面是春山。
开流便有银河落，
出日常观彩练翻。

千闸水，万灯源，
随心控制一机关。
大波小浪乖乖去，
七色流光处处观。

# 八声甘州·厦门印象

喜长风浩浩日溶溶，舟轻浪滔滔。

看海天一色，穹庐无际，鸥燕扶摇。

水护桃源小屿，榕翠美须飘。

取步寻仙景，独上孤礁。


借得天狼远眺，有台胞倩影，归念如潮。

盼黄陵煮酒，一笑共明朝。

拜朱公<sup>①</sup>，众心骄傲，慨当年破浪射云雕。

齐挥手，上边关去，炮指苍蛟。

---

① 朱公：即郑成功。

# 望海潮·游三亚

茫茫南海，长空如洗，风光独秀天涯。

船底斗鳐，滩边逗贝，漫将玉体堆沙。

隐约听琵琶。

看珊瑚缠臂，双手抓虾。

逐浪随波，任凭游艇乱飞花。

滔滔一派红霞。

有一丝挂影，一片楼牙。

乘醉弄弦，随歌起舞，细尝椰子黎家。

天晚误跟车。

幸鹿头指路，未见飞鸦。

他日游人美梦，梦里趣追鲨。

# 忆江南·乐山大佛

三江口，
三色水悠悠。
各路客船倾一拜，
一尊大佛座山陬。
人倚望江楼。

长嗟叹，
故地又重游。
二十年前妆淡淡，
而今艳抹面常修。
佛也暗生愁。

# 忆江南·观佛畅饮

凭临久，
同上小茶楼。
夕照碧峰生异景，
天成睡佛显风流。
佛睡已千秋。

江边去，
一碗二锅头。
畅饮三巡人未醉，
挥衣入水捉泥鳅。
乘兴渡沙洲。

# 调笑令·读史

调笑!

调笑!

四面诸侯皆到。

金戈闪闪马嘶,

烽火团团鼻嗤。

嗤鼻!

嗤鼻!

王室兴衰谁戏?

# 摸鱼儿·游九乡

任扁舟、纵漂横渡，湍湍奔向幽渚。

盲鱼尽晓游人意，翘首岸头相聚。

天不负，彩雾里、双流直下声如鼓；

鸳鸯对语。

叹玉翠琼田，青龟守护，千古斗黄鼠。


瑶池近，满眼蟠桃挂树。

嫦娥舒袖轻舞。

葫芦一阵悠悠唱，领酒一杯甘肚。

君且住，请上轿、彝家婚事刚开路；

娥眉谁妒？

畅一道红霞，蓦然回首，遥望洞低处。

# 生查子·西岭（三首）

## 阴阳界

众山烟雾溟，崇岭青云浅。
绝顶见阴阳，只隔一条线。

一半艳阳天，一半如秋晚。
天地本公平，草木何须怨？

## 滑　草

芳草接云生，绿毯连天起。
露水布珍珠，日出莹光缀。

脚下有风轮，手上添双翅。
今日借东风，腾达青云里。

## 缆车上

山下起程时，四远平无异。
转瞬一挥间，便到云层里。

云雾莽苍苍，万物全吞食。
越过几重天，白日身边坠。

# 行香子·布达拉宫

越过高山，可触蓝天。

望红宫、已在跟前。

经幡猎猎，绿草纤纤。

看人头涌，经轮转，白云翻。

人间圣地，别样山川。

净尘心、我也争先。

神香肃穆，牛仔悠闲。

叹三千里，两厢愿，一姻缘①。

---

① 姻缘：指汉藏和亲，布达拉宫始因文成公主而建。

# 夜半乐·峨眉纪行

晓天淡淡星少，寒风凛冽，人在山高处。

看云海滔滔，朝暾初露。

浅峰辉染，红霞浪卷，众人雀跃欢呼，影机高举。

猛回首，天边见归路。


路长山险雾漫，卅里天梯，几逢猴聚；

呼叫急、姑娘行包拖去。

水帘壁挂，银河天落，更添莺燕双双，几声歌语。

夜幕启、洪椿骤来雨。


到此方念，两日攀登，未停徒步。

入庙去、清斋饱饥肚。

想征程、长夜漫漫听僧鼓。

钟唤起、倦老跟骄女，晓风残月坡无数。

## 醉花阴·府河即目

绿树成荫消酷暑，
花满河边路。
夕照草茵茵，
松柏遮天、好个休闲处。

晚风习习招人驻，
处处皆歌舞。
比武更精神，
弄剑挥刀、花样迷如雾。

# 鹊桥仙·临山远眺

漫山云淡，险峰松劲，
碧海茫茫日举。
蓝烟千里锁苍穹，
但听得、江边风雨。

银河天落，水帘壁挂，
七彩霓虹何处？
欲乘玉马问牛郎，
却又见、一川晚露。

# 相见欢·惜别（四首）

## 相　见

一湾浅水东流，雨初收。
两岸红花开处，草幽幽。

彩云起，夕阳里，上高楼。
欲把故乡春色写心头。

## 送　行

难得相共歌尘，意盈襟。
最是一宵轻舞，若行云。

汽笛响，征途上，盼佳音。
从此天涯奔走挂人心。

## 怀　念

无言独步街头，冷飕飕。
唯有路灯相伴，惹离愁。

夜已静，思未定，望沙州。
遥念远方人正梦悠悠。


## 短　信

茶浓酒淡花香，雨微扬。
亭上一堆麻将，正猖狂。

彩铃响，眼睛亮，小池旁。
且喜远方来信有阳光。

# 浪淘沙·别友

桥下水潺潺，
独倚栏杆。
北风拂面一丝寒。
执手车前人去后，
期盼明天。

独自入西川，
越过重山。
踏行商海几时闲。
遥望枫林红片片，
寄意心弦。

## 沁园春·拜菩萨

漫漫青烟，阵阵流馨，人满宝光。

看四方老少，低头磕地；

九州商贾，举手烧香。

弥勒开怀，观音拂柳，佛祖袈裟正闪光。

叹今古，处红尘世界，谁不求祥？

泥堆穿上衣裳，引历代徒孙跪庙堂。

慨文人傲气，提靴磨墨；

将军血性，立马横枪。

万世遗辉，日心论者，不顺经言遭大殃。

君知否，欲瑶台持笏，还拜天王。

# 桂枝香·鸭子河

开窗望外，正如练横波，截断芳翠。

凫鸟沙洲伫立，鹭抟低翅。

鲜花两岸枝枝艳，柳微摇、草荣珠碎。

二桥车跑，小船鹰懒，那边歌起。


忆往昔，中流击水。

对洪浪汹涌，高跳如坠。

最是寒冬数九，畅游无畏。

繁星夏夜蝉蛙唱，渡银河、追月千里。

叹今花鬓，空凝盛景，厌观鱼饵。

# 醉花荫·夜行

洞海无光难适应，
闪亮山峰颖。
我不上山峰，
漫读天书，
手握双红杏。

有花泽畔香如茗，
两岸添红影。
溪水自何来？
引发山洪，
一泄如龙醒。

## 春光好·晨曦

寒云散，
雪痕稀。
正推窗感受冷风时节，
有晨曦。

旧梦已随流水，
新歌应伴花期，
远处山峦无限意，
惹心思。

## 梅弄影·征程

水长山短，怅望征尘远。
要把心期再唤。
快马无声，脚头云霭软。

笛横歌婉，眉上东风暖。
最是枝头花满。
蝶舞芬芳，那边虹陛展。

# 回波乐·豆角 （二叠）

曾经浪游街坊，

而今桌上飘香；

舍身暖人饥腹，

随波又返江乡。


回波尔时枯枝，

攀爬借助支持。

花开不为自己，

秋来了我心思。

# 浪淘沙·青海湖遇雨

骤雨浸单衣，
岸上人稀。
船停摊散鸟飞归。
只剩一汪天上水，
载我汤鸡。

把盏独栖栖，
天意难期。
人生几次得天机？
一饮故乡三碗酒，
企盼晨曦。

# 唐多令·珠江夜色

风动柳轻轻，

街花独自明。

寂寂然、楼厦无声。

夜色阑珊蜂蝶隐，

飞蛾舞、乱冲灯。


望远总无凭，

波烟不载情。

酒昏昏、独问三更。

待到天明春色醒，

高塔在、敢攀登?

## 浣溪沙·贺友生日

淡淡秋风摇翠薇，
朦胧月色坐间飞。
一根蜡炬意相随。

燕子天高声向远，
鱼儿水暖梦生辉。
摘星捉鲍正当为。

# 采桑子·梦中追

平波险浪飘然过，
伊在天边，
我在江边。
又是湍流几道湾。

脚跟滑板轻飞去，
追到身边，
把手相牵。
一朵红云作小船。

# 南乡子·冬日怀旧

绿草满窗扉，
灼灼红梅带露肥。
灰鸟突来枝干动，
分飞。
眷恋阳光又返回。

旧景再重归，
那日庭前两举杯。
也是梅花初放后，
阳台。
一抹霞辉照翠闱。

# 御街行·寻根

四家三辈寻根去，初次走、金钟路。
旧时地主大庄园，已是高楼商铺。
西街街口，外婆家址，立有移迁柱。

当年吴氏祠堂处，踪迹在、三株树。
龙门庭燕已分飞，尝尽人间甘苦。
依稀往事，欲将回忆，到此都无语。

# 踏莎行·崇州小聚

绿草茵茵，
红花渺渺，
浮光水面骄阳小。
船移篙动任飘摇，
桥边有景频留照。

郊野人潮，
故园茶袅。
开心再捧红书宝。
几多雅趣品红苕，
水车一动人年少。

## 清平乐·自白

一堆诗稿，
清苦谁人晓。
梦里推敲眠睡少，
更是江郎才了。

内心也有彷徨，
还如蚂蚁穷忙。
骡子负担枷锁，
诗人承载沧桑。

# 一丛花·江上行

何堪一夜大风来，江上浪花开。

扬帆不起行舟漫，更山雨、倾洒楼台。

紧握橹桨，前方路远，兹去莫徘徊。

红霞忽展扫阴霾，清露满舷阶。

航标已过迷疑路，倚危栏、小敞胸怀。

翻越浪涛，直奔东海，海上有天街。

# 一剪梅·梨花

绿水深沟白玉身，
半树霞烟，
一片枝痕。
微风带雨化新妆，
嫩叶飘青，
雪瓣飞芬。

独处山郊本自纯，
无意繁华，
难拒风尘。
蜂来蝶去总无常，
带走风光，
不走精神。

## 画堂春·荷塘

晓风轻抚绿绸浓，
拳拳菡萏飘红。
一湖晶露醉迷瞳，
不见萍踪。

缓步中亭独舞，
偶然鹭起玲琮。
无尘最是水芙蓉，
净我心空。

# 满江红·威风锣鼓

浩荡春雷，震天响，山河壮烈。

血奔涌，一身正气，飞星冲雪。

万鼓催征思旧国，

千帆竞渡追新月。

要雄风大起鼓精神，铮铮铁。


黄河上，声声越。

窑洞口，人人悦。

慨几千龙聚，仰天齐掣。

老树深根推土动，

嫩芽浅手迎村崛。

看波涛滚滚正掀狂，天宫慑。

## 虞美人 · 致 Z

街灯暗淡轻纱雾，
车上春光驻。
柳林河畔有歌声，
最是比肩相护醉人行。

冷风先在林荫起，
秋热添凉意。
夜来惊梦起三更，
可叹不能陪你数寒星。

# 如梦令·致友（二首）

## 一

长念楚天归雁，不忘九江寒暖。
独自在家乡，要把爱心传遍。
思念！思念！
日暮巴山云淡。

## 二

独自徘徊街口，寒露暗湿衣袖。
千里盼君归，不觉月斜疏柳。
恭候！恭候！
仰望九天星斗。

# 诉衷情·拜谒中山陵（二首）

## 一

金陵紫气照苍龙，三九二合融。
石阶级级登顶，俯瞰自由钟。

倡博爱，导为公。颂英雄。
书藏经鼎，碑空白璧，万世遗风。

## 二

当年倒帝靠同盟，联共救农工。
而今华夏兄弟，携手拜尊容。

瞻墓地，九州同。满苍松。
草明花亮，燕舞莺歌，旭日初红。

# 相见欢 · 致 Z (三首)

## 一

今晨远望云空，彩霞红。
昨夜狂风飘散，影无踪。

天气好，出门早，喜相逢。
还是一番情意，在心中。

## 二

三更短梦幽香，味绵长。
忘记一宵风雨，打寒窗。

大街口，手牵手，喜如狂。
梦里秋波相对，闪光芒。

三

秋风拂面江边，酒才酣。
同步霓虹灯下，好心欢。

月色淡，行舟远，望青山。
长忆彩桥西畔，柳珊珊。

# 眼儿媚·海棠

晨烟晚露弄鲜红，
惊艳又朦胧。
一丝娇媚，
一丝香暖，
浸染心空。

溪头有景迷离处，
吹笛借东风。
农家小院，
花开老井，
枝压茅蓬。

# 忆秦娥·兰州感怀

芳菲歇，
花开别院箫声绝。
箫声绝，
这边秋晚，
那边春泽。

山花无意分时节，
秋来春去心知觉。
心知觉，
有香飘过，
已经难得。

# 一剪梅·致 Z

出水芙蓉百媚新。
一缕芬芳，万样纯真。
微风飘动一娇嗔，
独有天姿，惹我心神。

夜里青青草上人。
只有花容，四处无邻。
弯弯山道月牙明，
流水涓涓，好不销魂。

# 风流子·二人行

三轮牵细雨，街心走，轮上有春风。

忆北国刀冰，有车难动；南方毛雪，无路相通。

车厢外，歌声推舞步，酒绿怨灯红。

醉眼发飘，眉梢弄影；秋波飞闪，秀气凌空。


今生谁能料，秋将近，天晚还坠花绒。

回想当时狂野，似舞长龙。

怕新雨绵绵，香飘别院；喧声阵阵，酒满他盅。

珍惜眼前光景，同在心中。

# 如梦令 · 思 (三叠)

雨后河边人聚，树绿花鲜风语。
正是采凉时，谁在读诗真趣。
相遇，相遇。
留下月明思绪。

船在江中行走，明月一轮身后。
手拥远行人，相见激情依旧。
依旧，依旧。
梦醒起床时候。

昨夜与君牵手，同在江边行走。
遇到老家人，却道远方亲友。
真逗！真逗！
醒后紧抓衣袖。

# 长相思·盼 (二首)

## 一

云偷闲，水偷闲，仰望长江疏柳姗。
不知月已寒。

思绵绵，意绵绵，独对幽窗品吊兰。
入秋香未残。

## 二

杨依依，柳依依，杨柳依依月影移。
夜深人已稀。

想佳期，算佳期，还向牛郎寄梦思。
望穿七月堤。

# 相见欢·别后（二首）

## 早 起

清晨慵自推窗，有花香。
回味梦中残月、吻秋霜。

大街口，并肩走，体微凉。
长念霏霏丝雨、沁胸膛。

## 别 绪

轻舟载我飞扬，过长江。
又是相逢一笑、惹离肠。

小私寓，有人语，梦难长。
最怕一宵秋雨、落黄冈。

## 卜算子·梦幻

昨夜彩云低，
独自骑天狗。
总在山头小路边，
相望长挥手。

纵起一飞身，
抓住君衣袖。
破雾穿云跑一圈，
好个仙人秀。

# 浪淘沙·逃梦

又是梦中来，
一起玩牌。
那边有景共徘徊。
帘外莺歌歌日昃，
懒上妆台。

闭眼去天垓，
了断尘埃。
偏偏夜月照丹腮。
欲避红尘添幻境，
走错楼牌。

# 酒泉子·记忆

婉婉素衣，
初见柔光如水。
渡秋波，
心动起，
正聊时。

不期牵手黄昏后。
本是先邂逅。
浅相逢，
情味够，
淡相思。

# 忆秦娥·参观监狱

真悲惜，
一方粪土前程逆。
前程逆，
铁窗之下，
泪痕如刻。

人生一世当清白，
如莲不染心高节。
心高节，
花红桑梓，
鸟翔南北。

## 夜行船·七夕

长笛一声惊桂树，
香飘起、竟无人处。
又是银河，
鹊桥重架，
不见有人同渡。

独守桥头空凝伫，
正叶落、影飞无数。
一曲清歌，
随风而去，
直到满身寒露。

# 忆江南 · 梦 (四叠)

来回跑，脚下浪如烟。

一朵流云波上走，几只粗手水中牵。

轻得像神仙。

尖声叫，直落到深渊。

几处重门封去路，一团光影见天仙。

红叶满秋山。

真沉重，大海压双肩。

巨兽翻身张大嘴，空肠送我入光天。

鲸肚走一圈。

飞如鸟，脚下彩云掀。

笑吐银河成海浪，懒观寰宇葬青烟。

何处是人间？

# 贺新凉·冬日偶感

雁去添萧索。

问冬河、一秋黄叶，几时摇落。

试看苍松无颜色，恰有寒鸦漂泊。

云影外、孤声微弱。

雪重霜轻难有伴，立枯枝、难抵霓裳薄。

天气冷，向谁约?


取冰做砚无须琢。

有阳光、偶然斜照，别家楼阁。

梦里花开争异彩，涂染江山一角。

怎由得、老天难度。

无意荣华根根草，待春来、绿比红英略?

西北望，残云却。

# 卜算子·香炉秋色

云外峭崖间，
一抹霜林染。
正是青山倦怠时，
俏把红颜展。

有色自然鲜，
未料声名远。
多少游人破雾来，
小路香车满。

# 柳梢青·欢聚

小径鲜花，深园绿草，柳岸人家。
月淡风轻，酒香诗浅，难得闲暇。

糊涂醉眼抓虾，夜深处，挥杯舞叉。
远处蛙鸣，此间歌起，一曲胡笳。

## 忆吹箫·静夜致远

细雨沙沙，密云漫漫，车边垂柳依依。

料此去、寒冬未已，常记添衣。

赤道南端远海，口味异，不比家栖。

飞鸿起，千山一跃，独自相携。


真怕飘零太久，春又尽，迟迟误了花期。

想昨夏、吹箫水岸，抛舞歌池。

多少窗前月下，空凝望，旧景心思。

天将亮，可有 QQ 新辞。

# 高阳台·游三星堆遗址

鸭子河边，三星村里，一堆旧迹残垣。

大立铜人，翻开远古沉年。

玻璃窗下真容在，神鸟鸣，古树悠闲。

望深坑，人面夸张，凸目眈眈。


蜀都旧貌今时见，正夕阳斜照，柳舞霞烟。

难得同学，有缘一起参观。

时光穿越人生短，论古今，心绪加宽。

看当前，凫鸟低飞，浪染光天。

# 荷叶杯·河畔

河岸金光微显，
花远。
稻子正香时。
群鸥无序眼前飞，
野草乱心思。

此地曾经相许，
无语。
把手互涂鸦。
如今依旧夕阳斜，
人已在天涯。

# 桃源忆故人·桃园

桃园不是留人处，
有果也无心绪。
纵有丝丝新雨，
难解眉头雾。

一钩冷月明天宇，
近看娇莺啼树。
待到尘烟消去，
独自寻归路。

# 一丛花 · 秋闲

秋深山野广添红，浅浅薄云浓。

窗轩烂漫闲情醉，看流水、飞雾蒙蒙。

莺去鸳来，婆娑起舞，恰在抚琴中。

琴音飞远意无穷，夜静月朦胧。

杯中有酒星光聚，梦归处、全是鸣蚕。

身在远郊，桃源最近，心事渺无踪。

# 南乡子·古寺

月色舐红轩，

一阵晨钟伴大山。

雾里添香歌正好，

神前，

诵祷声声又一天。


暮鼓已千年，

影响山鹰古树间。

云压枝生新展翅，

峰巅，

半壁霞光背景宽。

## 蝶恋花·邛海晨观

朵朵鸟鸣掀碧树。
日照窗棂，夜里眉梢露。
枕上佳人添梦语，
梦中都是蒹葭处。

曾借船篙同海渡。
芦苇丛中，才把春光数。
楼下鲜花铺锦路，
几番心浪连烟渚。

## 清平乐·再聚

清风细雨,
楼顶繁花处。
一角菊花香暗渡,
再忆旧时同度。

难忘新澳同行,
大洋潜底心惊。
破浪踏波骄子,
十年幽绪长情。

## 朝中措·老兵农家

军魂长久伴农家。
秋日照黄花。
一曲军歌号管，
老山前线飞沙。

林边小坐，
风摇幼树，
水载凫鸭。
远处耕牛犁梦，
此间怀旧香茶。

# 蓦山溪·江南水乡

清溪瘦水，碎砾幽幽见。

石罅大鲵游，草青青、螺丝色淡。

一行柳树，尽露老根须；

钓竿浅，蓑衣散，蛙跳无人管。


篷船离岸，畅望偏街短。

木制小楼低，老斑斑、依稀客栈。

闲招故旅，同咏雨烟轻；

阁亭暗，箫声缓，一曲渔舟晚。

## 鹊桥仙·山居

深山树老，初冬花少，
一片橘柑独秀。
霓光艳影远山庄，
趁闲静、吟诗煮酒。

青稞健体，红茶开胃，
消去一身别扭。
林泉深处水幽幽，
度胜景、清风拂袖。

# 更漏子·读照

沉心头，浮脑海，
江畔苍松云彩。
听雁叫，望长空，
那时明月中。

青青草，声声鸟，
但衬佳人窈窕。
大眼角，小修眉，
恰如相见时。

# 蝶恋花·窗外

雁字一行云淡淡。

晚照丹霞，又在方天见。

墙内无风花色浅，

青青小草随人践。


银杏窗前金灿灿。

对景宽心，桌上文书满。

铅笔一支削又短，

黄昏时候残红远。

# 菩萨蛮·山村

轻阳慵懒云烟坠，
村庄静卧深山里。
犬吠一声惊，
雄鸡窗下鸣。

耕牛应不累，
枕着冬阳睡。
老井最忠诚，
蒸蒸热气腾。

# 菩萨蛮·滑雪

隆冬玉舍花千树，
皑皑象背鹰飞舞。
彩帽点银装，
翩然猛过冈。

鬓毛添玉柱，
口气喷如雾。
花样似滑冰，
冰天雪地情。

## 锁窗寒·雪地行

雪夜皑皑，人行道上，两人交腕。

纤纤细手，偶尔一伸慵懒。

步轻轻、雪花飞面。

丝丝细语时光短。

记回头望我，霓光浅照，满身红点。

如幻，空思念。

恨别后无逢，皱眉难展。

今宵又雪，谁与并肩相伴?

看街头、牵手寄情，隆冬有爱心温暖。

立阳台、迎送寒风，独自长望远。

## 高阳台 · 记梦

独上东冈，层林浮动，无花老树幽香。

七彩单衣，散发古陌横枪。

蓬庐此去无多路，渡野云、闯破天窗。

看家山、落日昏昏，白雾茫茫。


归心不见桃源地，又长藤忽现，半月先藏。

过客无居，挥戈啸傲无常。

苍松鸣鸟青春草，聚高楼、大笑天荒。

眼微眇、乱梦堪惊，檐角曛黄。

## 贺新郎·祝双飞

乳燕双飞去；愿东风、一生相伴，比肩同步。

二十春秋成新梦，梦里乖娇无度。

怎奈得、青春岁数。

好个无心修秦晋，幸有缘、相遇长相顾。

知冷暖，挡风雨。

蓬莱此去多歧路；叹前程、奇葩有刺，乱云如雾。

永漏丁丁<sup>①</sup>当和气，行走天涯俦侣。

算事业，齐心共主。

青鸟频频常来往，传佳音、当不需吩咐。

路漫漫，莫耽误。

---

① 永漏丁丁：指漫长岁月。漏，指漏壶，古人以漏壶计时；丁丁，拟声词，形容漏水的声音。

# 东风第一枝·江边

淡酒倾杯，江边小坐，浮云坠绕低树。

谁人船上高歌，引起旧时心绪。

而今我已，少年志、大江东去。

但记得、跳水桥头，滚动岸滩情趣。


曾追浪，从不畏惧。

到最后，棹飞江渚。

夕阳落水无声，紫燕归巢有据。

茫茫芦苇，任飘荡、任随风雨。

酒醒处、已是黄昏，且向古村横渡。

# 临江仙·江上

小酒一杯江上坐，
望中芦草茵茵。
满山灯火静无闻。
月明船未动，
等候晚来人。

夜饮才知风也醉，
残烟垂坠销魂。
倚栏独自望萤焚。
佳人来做伴，
纤手递香槟。

## 沁园春·雪

树挂松针，山裹银装，一夜寒风。

看九天冰冻，初阳照暖；

一株梅艳，郊野飘红。

飞鸟寻枝，归羊迷路，剑舞骄姿仙景中。

心将醉，待婵娟共度，白里长空。

风光如此难逢，正妙笔生生画草蓬。

叹悲鸿画韵，而今不在；

屈原文采，何代能重？

恨我蹉跎，雄心入暮，面对江流乱数峰。

堆雪去，有家人呼唤，小院之东。

## 浣溪沙·咏柳

点绿山川舞动风，
桃花俏伴古亭东。
娜婀秀色水光中。

半里长坡留倩影，
一条直岸到灵空。
霞堆雾罩不相同。

# 少年游·杭州晚会

春江月夜，高山流水，
起舞动心旌。
奇幻茶女，绿衣踏浪，
击鼓醉高朋。

三潭星雨，凌波拍岸，
水上玉云生。
潋滟流光，银花并放，
盛景娉蓬瀛。

# 忆多娇·相遇 (二首)

## 一

风丝丝，发丝丝，飘在心尖最有知。
清幽小径时。

茗一杯，水一杯，共品茶香能几回？
花言频阻归。

## 二

昨也思，今也思，夜里长空忆旧时。
悄然明月知。

见一回，梦一回，近对眸光手握谁？
醒来神未归。

# 一萼红·三叉湖

立湖滩，看双莺戏水，初月正抽弦。
渡口桃殷，香魂浪漫，光影摇动心田。
柳丝下，曾经相对，一萼红、遮脸别胸前。
月色溶溶，天光黯黯，花满青山。

时过心情再现，恰夜舟私语，两橹停翻。
不见容颜，依偎小岛，寄意风月无边。
少与同，黎明已近，梦中去、书写旧缠绵。
只把风流一别，沉放微涟。

## 望海潮·海趣

水花飞溅，蓝中掀白，浪尖掠过飞船。

云朵下沉，浮光浅照，茫茫沧海无边。

双手握船舷。

几度腾空起，落地呼天。

似与风归，一身老骨扮童颜。

赤身滚动沙滩。

望空中索缆，鸥鸟之间。

潮水漫沙，波光映影，唏嘘贝壳新鲜。

日落有婵娟。

最是涛声里，片片归旋。

应谢妻随女伴，节日一家欢。

# 唐多令·观棋

车炮上前场，
推兵猛过岗。
只冲锋、着眼前方。
本土空虚王未稳，
边象去、乱朝纲。

兵马本相当，
只因心太狂。
望楸枰、几剩孤王。
空有雄心无远虑，
才几着、便输光。

# 青玉案·登山

潺潺流水通山路，
一支杖、巅峰处。
只把心情随鹤去。
淡云低谷，苍松微雨，
正是千山暮。

风吹衣角添寒露，
满脸残阳乱金缕。
晚谷钟声呼几度？
绕花香雾，随檐磬语，
一品禅中趣。

# 南歌子·钱塘江潮

天鼓隆隆响，
波涛滚滚推。
猛推白练立潮堆。
一路狂奔呼啸不徘徊。

到岸回头望，
明珠满地飞。
声波掀起半江雷。
却见惊天过客载阳归。

# 风入松·野外徒步

餐风宿露藏区行，无路敢攀登。

四千高度风光异，手牵手、团结精诚。

野菊流芳柔曼，苍鹰广舞抛声。

山深不惧夜霜凝，晓日辨阴晴。

帐篷朵朵冰凌满，映朝霞、色彩晶莹。

峭壁青松高挺，瞪羚驮马分明。

## 采桑子·野游

山高水远风光好！

人在河边，

水在天边，

拐杖一支探路先。

渊深壁峭知多少！

过了一山，

还有一山，

穿越山川云雾间。

## 高阳台·秋日

白露枝生，红楼梦断，无关时过秋分？
大野茫茫，几多天眼微阴。
一宵风扫窗前月，又悄悄、收尽燃磷。
恰迎来、鸣鸟双双，垂柳嗷嗷。

繁花褪色秋时候，看红飘远树，绿翠楼根。
寂寞芭蕉，轻轻摇动凡音。
何堪弃了杯杯酒，且凭栏、不见芳芬。
任长箫、热了晨辉，冷了黄昏。

## 高阳台 · 秋叹

雁背西风，蝉离旧圃，疏枝白露新浓。

池水盈盈，波光不照芙蓉。

残荷败叶今初见，算秋来、步履匆匆。

正幽然、收拾芳菲，凋谢林红。

前山依约萧萧木，但迷烟似梦，暮霭当空。

怎奈衣单，偏偏靠近梧桐。

青丝尽染无遗绪，又何须、细数葱茏。

叹今宵、月冷黄昏，霜冻莲蓬。

# 高阳台·秋望

叶落前塘，香传紫桂，田间禾稻金黄。

风动梧桐，闲摇一树苍凉。

花残竹瘦空萧瑟，问长空、有雁归航?

望山川、半隐云烟，半露红桑。

丹枫送彩无颜色，正月添虚白，路染轻霜。

楼上琵琶，为何排遣忧伤?

莫非当下相思切，独徘徊、无语临窗。

算时光、才过中秋，又近重阳。

## 高阳台·重阳

老屋霓妆，残阳滟影，低飞白鹭临窗。

竹隐前阶，夕烟缭绕村庄。

红杉一树翩翩舞，借池塘、反映霞光。

静无声、暮色茫茫，满地幽香。

青春已去山林染，正桂花飘坠，银杏纤黄。

候鸟归飞，天涯各自寻芳。

黄昏不做相思梦，但凭栏、小试温凉。

有新歌、弹与谁听，已是重阳。

# 高阳台·秋日泛舟

岸柳轻飏，山岚乍起，那边桂子飘香。

暮色牵衣，最是舟泛斜阳。

闲抛钓线由它去，望云空、别雁争航。

正秋深、树染新红，头上微霜。

邀风作伴添波浪，怕残花寂寞，衰草苍凉。

回想漂流，曾经梦枕黄粱。

浮云尽散并州路，对夕光、不说忧伤。

看前方、船上琴弦，手里壶浆。

# 桂枝香·秋日途中

残阳照晚，望树起秋声，原野清淡。

已是繁华去了，落红谁管？

青春一季悄然止，挽芳菲、随风追远。

露寒霜重，鞍鞯连用，桂香难见。


只叹息、风尘漫漫；正枫冷南桥，烟迷楼观。

几处蓬蒿浅涨，暮云堤畔。

四方萧瑟无情绪，把冰怀、诉与杯盏。

岸留残绿，茶添清水，路边招唤。

# 声声慢·秋日返家

山峰弦月，碧水红枫，萦牵一暮云烟。

露染单衣，抬头雁隐深天。

明星照邻客栈，有蛩鸣、酒后催眠。

家将近，问江边渡口，夜半开船？


一路流芳驰景，正香添金桂，寒压冥蝉。

白鹭低飞，情扇垂柳跹跹。

歌声动摇倦客，恰乡音、深入心田。

歌未了，浪已静，船到岸边。

## 喜迁莺·春望

夕阳残照，看霞薄晚林，树吞归鸟。

碧穗摇风，风吹烟袅，牵动一城春早。

遍野麦田芳翠，都是农家心巧。

处都市，出早常归晚，也争分秒。


青春多重要！行路读书，自古珍年少。

荏苒光阴，如梭岁月，可叹尽迷烟草。

往昔蹉跎无奈，旧梦落荒难找。

日月焕，入暮多光景，休嗟人老。

# 怨回纥·黄山吟

壁上云烟起，
氤氲谷间松。
松藏云里动，
云走松无踪。

天淡峰峦远，
山深鸟雀空。
银河飞峭壁，
人在紫烟中。

# 西江月·天都峰

雨骤风急天淡，
伴离路险人稀。
鲫鱼背上走单梯，
云雾茫茫一体。

云霁日出雾散，
涛飞峰动衣湿。
连心钢锁锁朱羲，
似与天公一起。

# 卜算子·石林观峰

十里布神兵，
凛凛从天降。
铁马金戈千万乘，
女子为头将。

检阅任君来，
铮骨阴阳创。
纵使风摧和雨磨，
总是一般样。

# 卜算子·天涯石问答

君从远方来，
独自无依倚。
本是灵娲手上石，
有甚难如意？

我是一颗星，
玉宇流光子。
满把清辉洒四方，
曷故遭抛弃？

# 女冠子·花与蝶

美丽花瓣，
锁在门窗里面，
好精神。
色彩真鲜艳，
幽香正可人。

有蝴蝶驾到，
未免太迷魂。
月月天天过，
总无门。

## 春光好·迎初一

烟花远，

彩灯高。

静悄悄。

酒后倚门春暖，

柳丝飘。


静坐土阶闲眺，

流星欲坠无招。

离岸扁舟牵往事，

水滔滔。

# 一斛珠·致莫言

老生丰乳，

肉猪自带催生素。

臀肥更怨红萝补。

生死疲劳，

酒毒十三步。

天堂岂用檀香语。

摩西善念遭谁拒？

阎王白狗秋千处。

食草家寒，

夜半霏霏雨。

## 喝火令·致 W 老师

陌室惊天望，文坛动地骄。
踏波江岸见风骚。
春暖雨微甘露，凭杖过虹桥。

瑞雪禾苗壮，和风蕙蕊娇。
碧云深处展霞绡。
大海波声，大海浪滔滔。
大海起伏随性，自在任逍遥。

# 阮郎归·晚宴

琵琶琴瑟燕华堂，
喜蓝鹊尾长。
担担面里共担当，
并肩同品尝。

长握手，启新章。
家和惠两方。
金瓯一固补红装，
和平双领航。

# 浣溪沙 · 过年（二首）

## 除夕夜

千朵烟花入夜空，万家窗口挂灯笼。
九州遥祝此心同。

把酒高歌追晓月，揽腰漫舞扮顽童。
休因盛际养疏慵。

## 忆过年

大扫清尘祭灶神，鲜红年画贴前门。
春联福字满街邻。

除岁迎新须爆竹，团年入席必亲人。
相围炉火到清晨。

# 调笑令·在路上

开路!

开路!

好事焉能怕雨。

刚刚换了新衣,

身上飞起黑泥。

泥黑!

泥黑!

从此再难洗白。

## 鹧鸪天·绿梅

绿萼一枝挂路边，
风情独具向南山。
霜禽不解匆匆去，
冷客如知慢慢观。

心素静，影翩跹。
俏临篱外自悠闲。
无须色彩装优雅，
但有清香在世间。

## 鹧鸪天 · 百花潭茶聚

正是青春花暖时，
阳光灿烂照蓉西。
千年银杏门庭立，
一代名家艺苑驰。

茶园里，我来迟。
乘阴围坐话襟期。
和平寰宇人心愿，
淡淡清风拂鬓丝。

## 疏影 · 喜晴

疏枝挂月，看晓光弄影，长水澄澈。
江北江南，日洗晨昏，瞬间便是春色。
农人地里挥锄把，天气好、耕耘时刻。
喜远山、齐扫荒凉，万绿动摇残雪。

千里桑田画卷，正云霞溢彩，流照穿越。
麦沫清风，柳舞朝晖，翠筱青松明确。
谁教霾雾随风去，只一夜、碧空洁彻。
忆旧时、楼影无踪，有景尽都烟灭。

# 水调歌头·兴隆湖

山浅变湖泊，引水入兴隆。

鲜花三面无数，坪草俏相同。

我欲蹬车巡视，览尽风光秀美，意气胜东风。

唯恐景深处，白鹭尽飞空。


栈桥望，摆渡动，是蓑翁？

野鹅戏水，搅乱湖里碧云松。

四野新枝叠翠，楼宇摩天而起，天府再争雄。

时代何其好，都市郁葱葱。

## 雨霖铃 · 惜别

天阴欲夕，正车厢外，骤雨消匿。

相看执手无语，听心在跳，无须言恻。

往事经年重记，叹蝉鸣如泣。

泪眼里，星夜飞机，离地穿云向南国。

他乡异土长天隔，算时光，又是三秋日。

不知饮食咸淡，合口否？梦中关给。

独自凭栏，多是潇潇细雨时节。

望远海，青鸟传音，可在虹桥侧？

# 木兰花慢·野渡

拥寒流渡水，草坪岸，杳悠悠。

记春暖丛林，百花初盛，啼鸟同讴。

滩头。

怕风老我，正萧萧残叶满山秋。

日落西天景远，跨桥野马横丘。


幽幽。

取道过汀州，回首望城楼。

向天借黄昏，消磨旧旅，懒挂鱼钩。

轻舟。

对红桃月，怨群鸦点水乱蜉蝣。

季节荣枯无奈，时空转换难求。

## 木兰花慢 · 草原秋游

烧云缠远树，望天际，草茵红。

正万里江山，枫林遍染，秋意浓浓。

苍穹。

偶横雁影，向南方、人字很从容。

一路轻车秀拥，芬芳漫舞长空。


匆匆。

骏马戏黄蜂，玉露润梧桐。

要挑战生活，蜷栖野地，小立芦篷。

朦胧。

看边关月，想今宵、醉卧朔方东。

尽揽沿途胜事，敞开怀抱兜风。

# 采桑子 · 棠湖小聚 （二首）

## 一

波光潋滟鲜花岸，柳带低垂，
亭榭生辉，水底游鱼正扎堆。

遮阳伞下诗人会，借得春晖，
手握茶杯，口占新诗咏翠微。

## 二

寻幽览胜熏风晚，竹海森森，
落日黄昏，名相祠前叹古今。

举杯共赞文章美，持酒抒心，
细说人文，中夜风吹雨打春。

# 踏莎行 · 农庄小聚

园圃花妍，
池塘荷翠。
那边豆角根根坠。
微风扑面弄芳菲，
茫茫一地皆兰桂。

美酒温心，
香茶沁胃。
还因笔墨长回味。
且将往事付鱼竿，
相逢一笑增年岁。

# 月当窗·冬景

街头景物，
银杏霞光晔。
正值入冬寒弄，
风摇动，
黄蝴蝶。

写生心正惬，
短诗添画贴。
满地碎金飞彩，
歌唱起，
再修缺。

## 小重山·笋竹

斑笋尖尖破土痕。

欲探天地厚、向云伸。

顶天立地自精神。

从不惧、虫子啃肢身。

风暴固深根。

把春秋望尽、有松魂。

不因气节傲流云。

知进取、低调听雷殷

## 浣溪沙·在春台

大路通幽贯野丘，
农庄伫立小洋楼。
池塘美女甩鱼钩。

麦地亲耕新貌起，
稻田租种旧痕留。
东篱把盏意悠悠。

## 满庭芳·春台农庄

绿翠堆空，繁花耀眼，画楼落在田园。

背离城市，把酒饮清闲。

举目池塘鹤鹭，水声处、牛动渔船。

凉亭外，绦绦村柳，红日正归山。


人间真美景，一年四季，随兴鱼竿。

要跳出红尘，走向天然。

信步翻瓜种菜，歌筵后、任尔弹弦。

悠情远，愁心无据，容我听啼鹃。

# 烛影摇红·拉丁舞情

玉宇旋空，乱红锁定时间步。
扭头一望最关情，陶醉都无语。
但看纱窗星雨，正摇落、银丝满树。
紧跟音乐，扭动腰肢，一腔情绪。

昨日时光，旧弦踏响西山路。
屡撑心伞问阴晴，此去情如故？
一曲伦巴曼舞，念他乡、幽怀有据。
鲜花朵朵，紫燕双双，天边鸥鹭。

# 水调歌头·豫乡行
## ——兼贺新禧

相聚中原地，牵手在川江。

多年成就缘分，一起共秋光。

举目长天远水，悦耳田园飞雀，脚下辣椒香。

又见麦芽起，疑似在家乡。


老院里，扛玉米，扯家常。

同温故土，情谊如结水流长。

往岁蓉城旧迹，明日京都新梦，寄意在担当。

双老无心事，着眼向前方。

## 西楼子·在豫乡

扛包玉米肩头，
在中州。
想起当年田野正丰收。

黄河畔，
麦芽窜，
意悠悠。
从此豫乡之路有缘由。

# 南乡子·在红砂村

晓雾压蓉城，
一路车灯照不明。
还是旭光撕面罩，
微轻。
且看红砂好外形。

围坐品香茗，
闲把书签论晚晴。
借得弦歌诗兴起，
吟行。
懒管娇莺树上鸣。

# 霜天晓角·松树南沟金矿

连绵峻岭，
万里琼花劲。
四月玉龙长舞，
工地上、机声应。

早晨风正猛，
檐边冰柱挺。
要让黄金增产，
莫耽误、上山顶。

## 雨霖铃·秋思怀人

寒风凄戚，正黄花暗，水浅声涩。

芙蓉旧院人去，多留恋是、悬空年历。

野草沉沉露重，叹归期无得。

莫再问、何故苍凉，听任荷塘自然碧。


秋光自恃多颜色，但而今、屋冷都萧瑟。

几番往事回顾，在梦里、仰天长泣。

手握茱萸，应念人生短暂堪惜。

且别忘、立尽斜阳，又是重阳日。

# 江城子·救少年
——泰国十三少年被困洞穴获救

洞中探险水封咽，

雨翻翻，在深山。

找到行踪，

家长笑开颜。

漫漫长河难渡口，

天地暗，影斑斑。


海空都是水中仙，

苦周旋，十八天。

牵动全球，

祈祷共平安。

援救少年成共识，

生命贵，是人间。

# 眼儿媚·樱花

边谢边开坠霓裳，
美得太张扬。
海棠无语，
梨花有泪，
输与鲜装。

黄昏独坐空杯酒，
切莫问温凉。
那边樱艳，
这边柳冷，
春在何方？

# 木兰香·晨吟

五洲行散，
天地绮云垂竹简。
满纸诗魂，
日月罡风入字根。

纵观世界，
笑对苍穹无媚态。
独倚危楼，
滚滚长江在尽头。

# 千秋岁·忆木斧老师

水街茶韵，浅酌芬芳润。

溪柳暗，鸣蝉引。

歌随台戏起，身向琴音近。

槐树下，凉风习习宽心阵。


修竹通新槿，白鹤摇轻鬓。

相聚处，多才俊。

日边云放亮，月下船行稳。

曾举盏，南山问菊诗无尽。

# 木兰花慢 · 英伦致家

管风琴伴舞，草坪上，尽花香。

正风裹黄昏，柳摇翠绿，霞落山冈。

轻装。

已消重负，有洋人相伴数时光。

一曲桑巴旧步，凌波荡漾清商。


幽窗，素幔垂芳；听梦呓，说鸳鸯。

问此生往往，长河漫漫，同举鸯幢？

双双。

共寻胜去，借长风浩浩度南墙。

可叹凌空一别，回头不见边疆。

# 木兰花慢·烟雨江南

忆桐乡听雨，乌篷里，栈桥边。
正两岸吴音，绿蓑小调，振动船沿。
悠然。
上青柳岸，品倾壶老酒梦桃源。
别是一番韵味，几时在此休闲。

江山，淡墨如烟；人去处，水乡间。
看满街碧水，门旗叠矗，老屋苔斑。
丝弦。
唱新戏曲，听茶园故事尽开颜。
难得风花月夜，风情小镇归前。

# 南歌子·访友

热水温心室，
空楼问远期。
文章兴味趁闲时。
窗外一株银杏露霜枝。

野鹤流云去，
寒梅旧苑迟。
依稀别梦暮云飞。
常盼载舟江上只吟诗。

## 好事近 · 贺友生日

秋到日长红，
红透暮烟郊野。
恰是一天光彩，
映高台飞炮。

芙蓉未尽柳枝青，
枝上有新月。
广宇万千灯亮，
为今宵增色。

# 清平乐·惜别

长箫无绪，
意在重相聚。
昨夜乌篷心上雨，
梦里苍鹰飞去。

举盏共饮江边，
琴弦剑指霜天。
一岸红枫摇曳，
通宵不问秋寒。

# 感黄鹂·河边感怀

想当年，大河横渡，
湍流浡洔周旋。
叹盛夏相邀故侣，
仲冬携手新俦，
挺身浪尖。

扁舟一叶天边，
长剑历心今古，
笙歌有意人间。
雁归也，南方正无春色；
板桥荒浦，淡烟迷路，
那堪暮雨萧萧起橹，
晨曦弥漫飞鸢。
望乡山、重将物情盎然。

# 忆仙姿·别（二首）

## 一

白雪压枝稍重，唤醒梅花微动。
偶尔有霞光，旧地新芽谁种?
相送，相送。
从此天涯如梦。

## 二

回想汉州相送，握手街头心痛。
相念望云霞，唯见长江波涌。
无用，无用。
借景入诗谁懂?

## 思远人·望远

霜阵阴云冬夜冷，
千里望飞雁。
叹长风浩荡，
残花飘起，
谁解此情款？

去年互拽推腰腕，
举酒祝长远。
愿别后再来，
满山红叶，
时光也无限。

# 东风第一枝·踏春

醒柳披云，新梅映日，竹枝舞动春色。
高楼挂彩风轻，草屋流芳水疾。
莺来燕去，未见到、柴门人侧。
但听得、鸟语悠扬，一曲醉心长笛。

好幽静、诗心不抑；问古寺、磬钟刚息。
短香三炷神龛，拙句一篇素石。
前山欲暮，要鼓劲、登峰观测。
莫误了、此去良辰，或有好花堪惜。

## 东风第一枝·玉兰花

雪化冰残，风奔寒峭，河边柳带萌绿。

满山枯草呼呼，遍地干枝秃秃。

黄沙漫过，居然有、芳华闲独。

小院外、白白红红，一树霓虹花烛。

有人言、红梅耐读，更哪知、玉兰抱蓄。

霞丹不怕霜浓，玉洁无须叶郁。

霜中雨里，总见它、从容无俗。

待春暖、别院香来，只是气疏回目。

# 如梦令·致杨花

许我毛根暂放，
愿尔青云直上。
但有好风生，
卷得均匀回荡。
无障！
无障！
小草殷殷期望。

# 汉宫春·粮站感怀

荒草萋萋，看旧时仓宇，夕下残垣。

蜘蛛结网多处，野狗贪欢。

莺来燕去，借梧桐、招惹鸣蝉。

空寂静，无人信步，皆因老锁门关?

回想那时仓满，叹购粮列队，难饱三餐。

而今遍街米粟，丰庆年年。

高堂盛宴，更追思、小岗包田。

曾记否? 繁忙岁月，青春历练其间。

# 西河·横行地球村

村里浦，而今几度横渡。

北欧午夜太阳红，人间无暮？

伦敦河畔咏黄昏，飞鹅惊动天雨。

马拉水，合欢树，幼狮一对开路。

大洋深伏逗珊瑚，逸翩起舞。

齿鲸戏浪静吹风，引来惊喜无数。

越南越冷少许处，

大冰川，蓝泽光布。

极地夏冬相序。

莫寻常，转换人生，

只在一念之间，春长驻。

## 水晶帘·东苑花香

楼下堆香处。遍红绿，鲜然生趣。

各自东西，有意弄轻柔，着人情绪。

应是丹株催草色，趁早霁、含青入户。

借霞烟，重染红楼，如斯漫度。


休言寄居苦。叹蜗牛独立，祈求甘雨。

好雨知人望，自当眷顾。

望尽天涯能与助，一张票、来鸥去鹭。

问今朝，征路通川，放晴欲渡？

## 望远行·爱之憾

　　——儿童节想起渔夫与天鹅的故事

秋光野岛，天鹅到、欲向南方时度。

有渔夫喜，放木船居，捕捉小鱼施与。

已是冬深，留恋现成生计，忘记北来南旅。

满冰封、湖面栖身好苦。

同处。茅舍大开供暖，喂饲料、避风呵护。

抚翼至春，载舟入水，多打细虾相助。

当愿年年如此，渔人终老，自立娇鸿无据。

遇冻全消逝，而非离去。

# 采桑子慢·遥望江城（二首）

## 一

溶溶月淡，渺渺鄂渚依稀。

正空巷、千门同闭，万户嘘唏。

状况堪急。

世人遮面应当期。

水天封路，多方测控，速度神奇。


天使已经严阵，瘟神能待何时。

信心满、新生医院，大爱支持。

决战危机。

庶民动静是盘棋。

凯歌高奏，指日可望，要谢熊罴。

# 二

春光乍起，普照武汉樱花。

凯歌奏、千姿英彩，万朵红霞。

战士归家。

四方亲友敬杯茶。

幼儿牵父，双双热泪，拥抱妈妈。


她为疫情宣誓，推辞春节婚纱。

剃头发、全身投入，念断浮华。

意气当嘉。

彼时揭罩有痕疤。

勇奔前线，苦战病毒，女子奇葩。

# 丑奴儿慢·归家途中

东城瑞雪，赶走积日微冥。

望江月、稍稍残缺，浅浅浮青。

一片晶莹。

正乡村万里扶生。

满山灯火，笙歌醉美，阵阵鸡鸣。


穿过那堪浓雾，依稀冬日初升。

喜新貌、春联红晕，浸染门庭。

鞭炮声声。

举头漫品柳风情。

这时光景，叹我发白，也忘年龄。

# 丑奴儿慢·元宵

烟花碎影，洗尽旧岁浮华。

至深夜、街灯宁静，幻彩如纱。

曼妙琵琶。

隐然心境向天涯。

那堪孤老，依楼望远，雁过平沙。

天下梦归乡里，相逢挥盏芳茶。

酒欢后、莺鸰齐走，鹊踏枝丫。

闲气无暇。

寂寥土地动犁耙。

几多春景，岂敢懈怠，半抹朝霞。

# 水调歌头 · 寺外茶聚

寺外水街静，茶客有新耕。

人生枝蔓铺展，芳意在清宁。

墙内木鱼清脆，敲动香烟缕缕，

助兴论诗经。

续水起波浪，入口洗心情。

小方桌，大文脉，有精英。

闲来常聚，红杏树下听蝉鸣。

滑草钓鱼赏月，跳舞弹琴吟雪，

日落听斋僧。

茶里多禅意，一饮出新声。

# 洞仙歌·才艺表演

霓虹照暖，正红砂香满。
舞动凌波秀眉展。
看容颜、都是玉女仙人，
拼才艺、胜似烟花彩幻。
一曲新歌唱远。

晚霞多灿烂。
堪比晨辉，逐个明星渡银汉。
喜舞歇歌沉，共举金樽，
相逢笑、童心再现。
盼长久、今日借东风，
定不负来年，看黄花炫。

## 玉漏迟·闻九寨地震

忽然灯罩动，天堂地震，夏蝉声咽。

移步临窗，凝望汶川云裂。

正好伤痊十载，叹离痛、泪痕初雪。

心更切。

芦山碎影，今宵重叠。


蜀川总是多灾，幸举国新强，爱心同结。

大爱无疆，闻讯各方奔月。

镜海天光再现，火花海、等闲时节。

更漏歇。

东边日红床阒。

# 临江仙·茶韵

那日河边相聚，剪风吹拂银丝。
寒枝疏影动朝晖。
石阶苔藓绿，茶馆柳绦垂。

闲坐说诗多趣，亭前燕子双飞。
翻开旧稿有新知。
杯清茶叶滚，口占总嫌迟。

## 看花回 · 长安街

踏遍东西望地安，霓彩光鲜。

九州垂统江山美，在故宫、度节真欢。

帝王成过去，百姓喧天。


世界回头看这边，正是华年。

酒歌拼唱连新昼，有明星、早伴月前。

赏良宵好景，心绪千千。

# 南楼令·秋思

北国雁初回，南河柳重垂。

几十年、再举金杯。

幸聚蓉城留美梦，长惦念、盼春雷。

昨日倚红梅，今朝望翠微。

想那时、热血纷飞。

都是童真多意趣，家院闹、兔头肥。

## 蝶恋花·望远

千里河山云雾绕。

柳吐新芽，燕子双飞早。

望断天涯心未老，

恨无羽翼随风到。


梦里相逢倾一笑。

共品咖啡，共赞京城好。

可叹清晨莺鸟闹，

远方不见添烦恼。

# 齐天乐·观"一大"会址

曾经大计斯开始，而今百年回视。

小巷深深，全新旧舍，中外游人到此。

冲冲兴致。

正学校师生，举旗宣誓。

拜谒先驱，歌声阵阵唱新世。


南湖小舵续驶。

为中华鼎盛，百姓鸿祉。

养晦韬光，金瓯长固，先圣初心不已。

黎民尽喜。

看墙外房前，意牵遗址。

摄影机群，一张张相纸。

## 恋绣衾·观羽毛球赛

一羽轻飞迎猛抨，
劈与推、相互奋争。
你上跳，
他高压。
吊却抛、翻手即成。

长奔短跑何知累，
快球来、挥拍秒拼。
靠技巧，
轻功击。
有精彩、就有掌声。

# 鹧鸪天·咏竹

纵使寒渊草木凋，
一身气节不弯腰。
虚心可配牡丹艳，
瘦骨何从芦苇飘。

荒野地，任风挠，
冰天独秀对阳骄。
绝源左右因根正，
绿翠参天自有高。

# 玉京秋·秋风台海

沧海阔，浮槎载云去，影摇空阙。
雾里雄鹰，涛间巨舸，梭巡无歇。
漫说中间有界，阻狼烟，当试凉热。
要经涉，一番豪雨，看罢风烈。

但愿千秋明月，照金瓯、都无或缺。
舞起瀛洲，歌驰华夏，长缨新结。
欲静烽尘，恁解锁、谁把关山重设。
鼓笳切。
安忍沙鸥远绝。

# 雁过妆楼·秋望

雁过妆窗。楼台望、都市尽掩芒荒。

野阔穹垂，红绿漫漫茫茫。

白浪滔滔东逝水，夕烟袅袅北来光。

问星狼，几时玉露，替代新霜。


恰逢乾坤静好，正天罡闪眼，夜照离场。

浩瀚银河，闲处一管宫商。

柔风捎去片语，要托梦嫦娥叙短长。

休遐想，看西边鹰影，跨过东洋。

# 鹧鸪天·罗城有约

盏盏茗香浪谷间，
船中小坐共悠闲。
挥毫自有云龙起，
泼墨生成战马酣。

诗奏乐，剑拨弦。
名家说唱逗人欢。
老街故事新风韵，
煮水铜壶映眼帘。

# 卜算子慢·调并忆行

幽香碰面，丹桂染衣，渐远岸头青柳。

回望楼台，掩泪怆然挥手。

向斜阳、大步流星走。

此去处、山重水复，何时再见亲友。


赖得秋风久。念月下吹箫，槛前斟酒。

小女呼声，扯撕内心生肉。

整八年、曾与乡愁斗。

幸落叶、终归梓里，话乡音依旧。

## 惜芳菲·洪涝

水上楼台鱼上路，
宝马漂流何处。
船桨街头舞，
浪波滚滚家难住。

暴雨连连河流堵，
闹市渔村无数。
休怪龙王怒，
海绵城市心中驻？

## 忆秦娥·恸

心欲绝，
晴空霹雳山将裂。
山将裂，
何时苍狗，
噬吞门阙。

杜鹃飞过渺无别，
落红遍地芳菲歇。
芳菲歇，
九阶飘起，
一枝蓝叶。

# 浪淘沙·望江楼

亭角对枝头。

翠鸟啁啾。

夕烟袅袅古琴悠。

碧水涟涟飞鹭舞，

云弄芳洲。


旧事已千秋。

老井幽幽。

香笺玉字好风流。

翠竹虚怀多自恃，

不掩层楼。

# 临江仙·嫦娥五号探月

起跳地球轻落月，
太空展露新容。
开工挖土很轻松。
吴刚迎远客，
玉兔不朦胧。

天壤一抔追往事，
探知桂殿香踪。
红湾①来去问苍穹。
神州留样本，
世界转头东。

---

① 嫦五挖土的风暴洋在红湾附近。

## 忆江南·花乡夜梦

花香里，
夜半望星空。
圆月高楼河畔柳，
残杯旧梦枕头风。
往事有无中。

亭台外，
只思近红宫。
踏遍关山寻快马，
行穿宿浪问苍穹：
重视海西东?

# 六州歌头·观始皇陵兵马俑

九州合一，千载论英雄。

天下共，疆域统；

项刘逢，赵秦终，转世乾坤梦。

陶兵涌，长城纵，寰宇拱。

中华耸，亚洲东。

鲸浪不摧，民族精神重，四海同宗。

剑挥惊鸟落，斧劈乱虫怂。

逝水匆匆，月朦胧。

看青郊冢，风微动，松树拥，草须蓬。

天气冻，观览众；地间宫，几人重？

霸业身前种，嘶飞鞚，挽雕弓。

王者捧，书生控，是非中。

过往今朝，影视追新宠，再现鸿风。

叹人生轰烈，史上总跟踪。

晓日瞳瞳。

# 金缕曲·答诗友

转眼风云变。

想当年、埋头种地，不分朝晚。

曾盼春风温茅舍，也赞青羊路现。

历沧海、壮心笙管。

可叹老碑皆重造，阅春秋、三豕常相伴。

茶已备，酒斟满。

欲成故事时间断。

洗征尘、举竿见影，却闲江岸。

虽借南山栽花草，日月轮回世幻。

望银汉、斗光如霰。

莫道石头生文字，到燕然、怕是流霜满。

知爱恨，见诗选。

# 望梅花·除夕

万株同脉，尽是霓光颜色。

天上太阴非独耀，地面生辉逢逆。

谁借晚风传讯息，拨动龙灯瑟瑟。


绿芽无迹，甬道跫声微密。

电子炮声隆烈响，节日无烟应惜。

时疫全年门户闭，此夜觥筹交织。

## 满庭芳·家乡火锅

有酒三杯，无心四季，管他窗外前程。
围炉随喜，只叙旧时情。
麻辣酸甜百味，勿相比、一代人生。
滚汤里，肥牛瘦笋，冷却益香凝。

黄昏疏雪至，梅芳渐远，醉意稍增。
漫言笑，先将往事闲烹。
世祖珍馐再现，无非是、一鼎清羹。
鸳鸯料，白红熟透，煮暖故乡声。

# 如梦令 · 野地

眼下菊花艳放，
更念花宽草广。
日暮乱鸦飞，
天狗闲吞月亮。
群象！
群象！
正斗一条长蟒。

# 看花回 · 冬奥观赛

雪地争雄耀五环，腾跃冲天。

略施身技飞如燕，正转旋、落地翩跹。

谷幽多虎将，惊喜连连。

赛斗平肩竞技欢，共护球寰。

万方皆颂和平好，任豪情、着意放癫。

玉飘千岭白，天下同妍。

## 看花回·冬奥会

踏雪凌冰舞凤鸾，流丽光鲜。

岭腾飞虎山龙起，取彩云、共与盘旋。

箭风追铁马，阵阵声喧。


圣火为媒际会欢，挽手延缘。

万邦同走新丝路，地球村、再续妙篇。

柳垂千里暖，齐望东边。

# 眼儿媚·春寒

时见春雷滚寒潮，
一望叹声遥。
家人劝衣，情人依倚，野外归桥。

任凭风浪推江岸，
但护后园蕉。
一支短笛，白帆冉冉，白发潇潇。

# 鹤冲天·台海风云

风云乍起，又是西边始。

台海浪滔滔，鹰飞比。

莫惹苍天怒，先读取，中华史。

金瓯应共卫，

千古朱公<sup>①</sup>，幸雪我丹青耻。


东西共盏，携手闲抛棋峙。

两岸拜炎黄，江山瑞。

且看当前局势，和平毁，谁之罪?

泱泱华夏子，

一柱擎天，岂抱别人肥腿。

---

① 朱公：即郑成功。

# 一剪梅·致老师

又见秋来木末花。
晨露滋滋，暮雨沙沙。
当年落月照窗台，
一盏残灯，几案风华。

地北天南又海涯，
举目桑榆，回首蕨葭。
蚕丝吐尽望田原，
瓜果生根，桃李发芽。

# 青玉案·望高墙

登楼望断高墙处，
铁网内，当何度。
淡月灰窗凄冷树。
斗移星转，几宵梦雨，
面壁追思苦。

当年闪亮青云路，
美女开怀斗芳醑。
太过奢淫天不许。
鼠肥虫饱，鸟惊猫怒，
纸破无人补。

## 小重山·比格尔海峡

世界南端海上行，
风狂难立脚，好心惊。
企鹅海燕浪尖鸣，
真自信，敢与疾风拼。

天冻再低零，
山峰添白雪，月微明。
蓝鲸滚动冷无声，
人嗟喜，正好有航灯！

# 自度曲·蒂格雷路上

雪峰红叶冰川，
野马老鹰蓝天。
彩霞映湖上，
光接天边。
途中遇到火烈鸟，
抢个镜头真欢。
奇观！
奇观！
红鹦歇满湖滩。

# 附 录

# 关于诗词写作的格律问题

格律诗词的写法，凝聚了历代诗人的智慧，是中华传统文化的瑰宝，值得我们遵从和传承。我们既要遵从成规，又要与时俱进。所谓遵从成规，就是要遵循已有的韵律、平仄和对仗规范；所谓与时俱进，就是要在平仄的确定和韵部的使用上，与现代音接轨，并在已有的范例基础上，从宽不从严。

一、关于押韵。押韵的本质是音韵和谐，是保持诗词诵读的音乐感。诗界遵从的平水韵，产生于宋代完善于清代，被当代人视为经典。但时过音变，同韵部有些韵字按现代读音已不谐韵，如四支韵部的支和锤、七虞韵部的虞和沽、十灰韵部的灰和猜等，已有较大的差异。产生于清代的词林正韵，是在平水韵基础上合并邻韵而成，就填词而言有所放宽，但也存在类似情况。如相同韵部的与和所、雨和虎、所和虎等，按现代读音已经完全不押韵了。但诗词界至今对其认可度极高，而对中华新（通）韵认可度则不够。

中华新（通）韵以普通话为基础，总结了史上音韵的特点，对韵部进行了改革归并，总体上体现了现代汉字发音特征，但还有待进一步完善。主要是以北方局部区域发音"标准"来审音归韵，仍有不符合诗词创作实际的问题。一是 in 与 ing，en 与 eng 没有归于一韵，分别为九文和十一庚。理由是"古人多有 en、eng 通押现象，现今有的地方方言中，仍有 en、eng 不分的现象，即是古音的残留……普通话中，它们的读音差别是非常明显的，不能通押"。这个解释显然站不住脚，它忽略了历史的传承和现实的存在。即使不考虑广大的方言地区，以普通话论，二者也存在音韵谐和关系，虽然它有鼻音和非鼻音的区别。二是十二齐和十三支分属两个韵部。这两个韵部实质上是平舌音和翘舌音的差别，音差并不大，古诗词以及词林正韵都是通押，应当考虑方言地区的发音习惯，允许通押。九文和十一庚、十二齐和十三支若允许通押，其叶韵效果比上述平水韵中的支和锤、灰和猜、与和所等强多了。第三是 eng，ing ，与 ong iong 通押。2010 年公布的《中华新韵》，把庚和东归为同一韵部（十一庚），在创作实践中非常别扭。自古以来似乎没有这种押韵方式。也许按北方局部地区的发音是叶韵的，但毕竟面不大，要推广的话，还有待历史检验和实践证明，好在 2018 年公布的《中华通韵》已将 ong iong 独立。目前《中华通韵》广泛推广使用，《中华新韵》仍然保留使用。

二、关于平仄。平仄一直是格律诗词的一道门槛，主要是入声字难以把握。现在普通话已经很普及，过去的入声字已归并到普通话的四个声调中，即一声二声为平声，三声四声为仄声。现在要迈过这道门槛，比以往容易多了。除专门研究外，作为现代人写格律诗词，按普通话判断字音平仄就可以了。汉字的读音是变化的，远古与中古不同，中古与近古不同，近古与现代不同，按照现代读音写传统诗词应该无可厚非。这已得到了诗词学界认可，推出了中华新（通）韵的普通话平仄。虽然很多人还是视传统音韵平仄为正统，许多诗词刊物和网络平台拒绝新韵作品，但随着时间的推移，这种情况会有所改变。在传统平仄与新韵平仄并行的当下，写作者又多了一种选择，只要求二者在同一首诗词不混用，实际上放宽了平仄的"约束"。笔者认为，在使用旧韵平仄的时候，要考虑到现代人的读音习惯和普通话普及趋势，对于已经归入阴平的入声字，尽量不放在关键的仄声位，否则按普通话读出来，就失去了平仄对比的音乐效果。在许多地区，入声字与阳平读音差异不大，只是读音短促些，归入阳平的入声字应该不太影响仄声效果。

对于平仄的把握，诗比较容易，因为有"一三五不论，二四六分明"的口诀作为引导，无须记忆就能掌握。关于"不论"，只要再加上避"孤平"和尽量避"三平调"即可；关于"分明"，只要再记住两个"变格"，即两个大拗救即可。一是出句仄仄脚句型变格，即五言第三、四两字平仄对调，七言第五、六两字平仄对调；二是出句平仄脚句型拗救，五言第四字拗、七言第六字拗，则在对句的五言第三字、七言第五字用一个平声字作为补偿。这两种都是常用变格。词则要对谱，因为一词一调，不便记忆。一般常说"吟诗填词"，就是诗的平仄一旦掌握，则可随时吟诗而能如格；词因调多，需要对谱而填，当然，也可按照背记下来的范词平仄作为参照填写。

平仄作为诗词要素，就是要通过汉字诵读的语调对比关系，以获得音乐美的效果。只要遵守格律诗词的正格与变格都能达到这种效果。历史上也有一些非常优秀的作品，突破格律仍然朗朗上口，成为"破格"的典范，如崔颢的《黄鹤楼》。但作为初学者还是如格为好。对于成熟的写作者，必要时则可不以格害意。

三、关于对仗。格律诗词对仗的平仄都有定式。就形式而言，主要有两个特征：一是句型结构一般相同，即主谓结构对主谓结构、偏正结构对偏正结构、补述结构对补述结构等；二是所属词类一致，即名词对名词、动词对动词、形容词对形容词等。格律诗的对仗有放宽的趋向，一般主张宽对，可以宽到似对非对，半对半不对。当然宽中可以求工，但不必过分追求纤巧，律诗只要颈联工整就合要求了。词的对仗没有硬性规定，只要上下两句字数相等都可以对，对仗形式更宽泛，可以同字相对，也可以合掌对；当然，也可以不对，一切根据表达需要。对仗可以使语言更具表现力，作品更有感染力，一般都会利用对仗修辞。

诗词写作，形式只是写作方式的一种引导，内容始终是第一位的。如果写出来的东西有格律痕迹，即凑字凑韵痕迹，都是不成熟的表现。成熟的作品都是内容与形式的完美结合，好的作品都是基于律而"无"律。语辞自然，天衣无缝，才能真正体现格律诗词的音乐美、凝练美、意境美。

游　运

2023 年 3 月 31 日改定

# 后　记

　　本书收录了我 1976 年至 2023 年 8 月的大部分作品。包括古风与绝句 23 题 81 首、律诗 228 首、词 225 首（含自度曲 1 首）。

　　本书采用了苗洪、汪其飞二位先生的评论《游运诗词印象：当代诗词现实主义的探索与重塑》（载于 2023 年 5 月 30 日《今日头条》）作为序言，在此表示衷心感谢。

　　2000 年以前，工作之余写点格律诗词；2001 年以后，以写新诗为主，偶尔写一点格律诗词。

　　早期诗词，虽然严格按照音韵规则来写，后来发现由于方言原因，仍有出格的地方。这次统一做了校正，平仄上，除了极少数因内容必须之外，一般没有出格。当然如果用软件检测，确有极少量诗作与诗律有出入，主要是诗律本身有变格，如折腰体等；词作也有很少量与引用词谱不尽一致，除变体外主要是所用词书版本不同，可平可仄认定有差异。

　　韵脚上，极少数作品遵循了从宽原则，有孤燕体在新韵中拓展使用的尝试等。就平水韵而言，有的主张邻韵通押；就词林正韵而言，有的主张入声韵通押；就现代新韵而言，有中华新韵和中华通韵之别；少数南方诗人坚持同声同韵的观点，如申与生、成与尘可以通押等。这些观点对少量作品略有影响。就全部作品而言，以平水韵和词林正韵为基础，倾向于中华通韵。

关于用韵，还是应该与时俱进，我的看法都在这首《论诗韵》中——

现在谁将雨读乳，几多旧雨洒当今？
老枝长盛迎春草，双燕齐鸣引凤音。
白话奔腾洪水涌，文言涓注细流存。
大江东逝难回溯，古韵图新日欲曛。

平仄是格律诗词的门槛，是保证诗词音乐性的内在因素。遵守格律而语辞自然是诗词的基本要求。基于律而"无"律，使文辞没有格律痕迹，作品才有可读性。但格律只是引导诗词写作的一种形式。所谓诗病，能避则避，内容始终是第一位的，如有特别佳句或意义，格律应当向内容让步，而不应该为了合律损伤作品的灵气。尤其词已诗化，并不歌唱，当以诵读和谐悦耳为目的。

意象新颖，意境深远，语言凝练，音韵上口，是传统诗词的生命力，也是本书作品追求的目标。本书诗词力图用传统形式表现时代风貌和现代情感，拒绝用陈旧意象再现似曾相识的古典意境；力求旧体诗词在内容上耳目一新，在语辞上清新自然，在韵味上有所蕴涵，让旧的形式表现新的意境。

虽然力图或力求，但纵观全书，还是不尽如人意。不过在表现情感和思想方面是诚实的，我自己的感觉是：铺展灵魂成赘语，打开心锁亮真心。一生风景藏于此，九曲柔肠不在身。诗词是一门艺术，艺术的特点就是追求完美，而完美是没有止境的。谨以此书与读者交流，欢迎批评指正。

作　者

2023 年 8 月 30 日于成都